아버지가 아들에게
전하고 싶은 주례사

아버지가 아들에게
전하고 싶은 주례사

ⓒ 조원래, 2021

초판 1쇄 발행 2021년 3월 24일

지은이   조원래
펴낸이   이기봉
편집   좋은땅 편집팀
펴낸곳   도서출판 좋은땅
주소   서울 마포구 성지길 25 보광빌딩 2층
전화   02)374-8616~7
팩스   02)374-8614
이메일   gworldbook@naver.com
홈페이지 www.g-world.co.kr

ISBN   979-11-6649-491-8 (03810)

아버지가 아들에게
전하고 싶은 주례사

결혼을 앞둔 세상의 모든 아들에게 전하는 결혼 36년 차 아버지의 결혼 생활 노하우

조원래 지음

"결혼 생활은 크고 작은 실수들의 연속"

이제 막 결혼을 준비하고 있는 사람들이나 신혼 초 갑자기 변화된 환경과
가족 관계에 적응하기 힘들어 어려움을 겪고 있는 사람들에게

좋은땅

- 차 례 -

프롤로그
아들의 신붓감을 만나 보고⋯   ⋯ 8

CHAPTER 1 부부로 산다는 건⋯

결혼이란?   ⋯ 12
가정이란?   ⋯ 18
부부란?   ⋯ 22
부부로 산다는 건⋯   ⋯ 25

CHAPTER 2 결혼을 위해 준비해야 할 것들

이상적인 결혼식이란?   ⋯ 30
결혼식 전에 버려야 할 것들   ⋯ 36
결혼식장에 반드시 가지고 가야 할 것들   ⋯ 41

CHAPTER 3 부부 생활 금기 사항

주도권 경쟁 ··· 48

비교 ··· 57

비판 ··· 61

무시 ··· 66

언쟁 ··· 69

면전에서 시댁/친정 헐뜯기 ··· 75

가족 해체 ··· 80

CHAPTER 4 슬기로운 부부 생활

서로 다름을 인정 ··· 86

사랑과 배려 ··· 92

칭찬과 격려 ··· 99

자기 역할 책임 완수 ··· 103

상호 지지 ··· 106

감사 ··· 111

CHAPTER 5 백년해로 인생 설계

목표를 가진다는 것은…   ··· 118
함께 꿈꾸는 삶   ··· 122
함께 이루어 가는 삶   ··· 128
함께 즐기는 삶   ··· 134
안전하고 풍요로운 삶   ··· 142

CHAPTER 6 부자 되는 살림 원리

돈의 노예가 되지 말고, 돈의 주인이 되어라   ··· 150
가계부에 기록하며 체계적으로 관리하라   ··· 155
계획으로 꿈꾸고 저축으로 준비하라   ··· 160
남들과 비교 말고 형편대로 행복하게…   ··· 166
적게 시작해서 크게 키워라   ··· 173
탐나는 물건보다 필요한 물건을 사라   ··· 179
구매보다 활용에 욕심내라   ··· 183
정리, 정돈, 청소를 습관화하라   ··· 186
소유보다 경험에 투자하라   ··· 191

CHAPTER 7 미리 받는 부모 교육

부모가 된다는 건…   … 196

걸림돌 부모/디딤돌 부모   … 202

내가 꿈꾸는 부모상   … 210

자녀 성장 단계별 필수 부모 역할   … 215

에필로그
아들의 행복한 새 출발을 축복하며…   … 224

아들의 신붓감을 만나 보고…

사랑하는 내 아들 형준아! 그리고 흔쾌히 내 아들의 반려자가 되어 준 나림아! 정말 고맙다! 나는 너희들이 어렵게 내린 결혼 결심을 존중하고 진심으로 축하해 주고 싶구나.

지난 35년 동안 외로운 싱글로 살면서 부모들의 결혼 성화에 미온적인 태도로만 일관해 왔던 네가 갑자기 결혼할 여자를 인사시키러 오겠다고 해서 처음에는 좀 의아한 생각도 들었다.

하지만 우리 부부와의 첫 대면에서 서로의 손을 꼭 마주 잡고 행복에 겨운 모습으로 연신 미소 짓던 너희들을 보면서 이런 천생연분을 만나려고 그렇게 많은 시간이 필요했구나 싶었다.

그래서 우리 부부는 네가 인사시켜 준 그 사람의 집안도, 학력도, 직업도, 경제력도 상관하지 않고 무조건 ok! 사인을 낼 수밖에 없었다. 나는 내 아들의 판단력을 신뢰하기 때문에, 그리고 나림이의 해맑은 미소와 밝고 반듯한 모습이 좋아 보여서 너희들이 참 잘 어울리는 한 쌍이 될 거라고 의심 없이 결론 내리게 되었다. 이 얼마나 감사한 일이며, 축하해야 할 일인가! 너의 모습이 대견하기도 하고….

한편으로는 드디어 올 것이 왔구나! 하는 생각에 가슴이 철렁 내려앉는 느낌도 들었다. 지난 35년간 부모 슬하에서 지내 왔던 네가 결혼해서 경제적으로나 정서적으로 완전히 독립하게 되었다고 생각하니 준비되지 않은 이별에 대한 분리 불안과 서운함이 갑자기 엄습해 오기 시작했다. 그리고 내 신혼 초의 부적응과 어려움들을 회상해 보며 너희들이 그런 고비를 슬기롭게 잘 넘길 수 있을까 하는 걱정도 생겼다.

나는 너희들이 결혼 후 변화되는 환경에 잘 적응하며 행복한 가정을 꾸려 나갈 수 있도록 도움을 주고 싶었다. 그래서 내가 너에게 해 줄 수 있는 다양한 방법들을 고민하다가 이 책을 쓰게 되었다.

연애는 환상일 수 있지만 결혼은 냉엄한 현실이고 실전이며 생활이기 때문에 너희들은 지금까지 한 번도 경험하지 못했고, 생각조차 하지 못한 부분에서 좌초되어 어려움을 겪을 수도 있을 거라 생각된다.

그럴 때 너희들이 잠시 물러나 앉아 이 책을 꺼내 놓고 30년 이상 먼저 경험했던 내 신혼 생활의 부적응과 실수담 그리고 그러한 실수를 통해 알게 된 작은 지혜들을 들추어 보았으면 한다.

결혼에 대한 준비도, 인격적인 성숙도 이루지 못한 상태에서 연로하신 부모님들의 재촉에 못 이겨 서둘러 하게 된 나의 결혼 생활은 크고 작은 실수들의 연속이었다. 그래서 처음에는 이런 내용들을 책에 담는 것을 주저할 수밖에 없었다.

하지만 너희들이 나의 실수담을 반면교사 삼아 나와 같은 실수를 반복하지 않고 행복한 부부 생활을 영위해 나갈 수만 있다면 나는 내 부끄러운 과거를 만천하에 공개하는 위험을 무릅쓰면서도 더없는 기쁨을 느낄 수 있을 것이다.

그리고 우리 아들 내외와 같이 이제 막 결혼을 준비하고 있는 사람들이나 신혼 초 갑자기 변화된 환경과 가족 관계에 적응하기 힘들어 어려움을 겪고 있는 사람들에게 이 책이 조금이나마 도움을 줄 수 있다면 더 이상 바랄 것이 없겠다.

CHAPTER 1

부부로 산다는 건…

결혼이란?

결혼에 대해서는 참으로 많은 사람들의 다양한 표현들이 있다. 그 중에는 긍정적인 것들도 있고, 부정적인 것들도 있다. 그래서 결혼에 대한 격언들을 읽다 보면 오히려 결혼의 본질에 대한 개념에 혼란이 오기도 한다. 하지만 그중에서 가장 가슴에 와닿는 표현 하나를 찾아본다면 [괴테]가 말한 "결혼만큼 본질적으로 자기 자신의 행복이 걸려 있는 것은 없다. 결혼 생활은 참다운 뜻에서 연애의 시작이다."란 말이 될 것이다.

우리는 인생을 살아가면서 행복한 삶에 지대한 영향을 미칠 중요한 순간들을 마주친다. 대학 입시, 취직, 결혼, 은퇴 등등.

그런데 엄청난 사교육비를 쏟아붓더라도 자녀들을 좋은 대학에 보내려는 부모들의 열망과 20여 년 남짓 자신의 개성을 희생하고 오직 공부에만 매달려 온 자녀들의 노력이 일궈 낸 대학 입시 성적표는 과연 그들의 인생에 얼마나 많은 행복감을 주고 있는가?

대기업 취직이나 공무원 시험 합격으로 어렵사리 얻은 직장은 또 얼마나 오랜 기간 동안 행복을 담보할 수 있겠는가? 30년? 20년? 10년?

하지만 결혼은 최소 50년 이상 우리들 인생의 행불행을 좌우하는 매우 중요한 전환점이며, 미래 사회의 주역들을 낳고 기르는 막중한 역할이 시작되는 중요한 순간이다.

결혼 생활은 30여 년간 전혀 다른 환경에서 생활해 온 성격이 각각 다른 남자와 여자가 결합하여 한 몸을 이루는 것이기 때문에 성격 차이나 생활환경 차이에서 오는 여러 가지 갈등과 어려움이 발생할 수도 있고, 생전 처음 해 보는 살림과 육아로 인한 스트레스와 실수들이 문제를 일으킬 위험도 내재되어 있다.

이러한 문제들을 사전에 예방하기 위해서는 결혼 생활도 공부가 필요하다. 하지만 학교나 가정에서는 결혼에 관한 지식과 경험을 배울 기회가 없다.

그래서 대부분의 사람들은 결혼에 관한 사전 지식도 없이 결혼에 임하여 예상하지 못한 여러 가지 어려움에 직면하게 된다.

결혼보다 덜 중요한 대학 입시를 위해서는 과외까지 받고, 고작 20~30년 남짓 근무하게 되는 직장 생활을 위해서 많은 교육들을 받는다. 그런데 50~60년 동안 우리 인생에서 행복과 불행을 좌우하게 되는 결혼에 대해서는 공부하지 않는다니 매우 안타까운 일이다.

나는 결혼을 앞둔 신랑, 신부에게 각 시·도 건강가정지원센터 등에서 무료로 운영하고 있는 결혼준비교육 프로그램을 이수하고 결혼 관련 서적들을 읽어 보라고 권하고 싶다. 그렇게 해야 올바른 부부관과 결혼관을 확립할 수 있고 결혼 후에 발생할지 모르는 어려움에 슬기롭게 대처해 나갈 수 있기 때문이다.

아들아, 나는 네가 결혼의 중요성에 대해 좀 더 잘 이해하고 진지한 자세로 접근하길 바란다. 그래서 여기서 결혼의 개념을 간단하게 언급하고 넘어가려고 한다.

결혼은 사랑하는 남녀 두 사람이 정서적, 법적으로 연합하여 동거하는 관계이다. 우리는 결혼을 통하여 각자 자신이 나고 자란 원가족을 떠나 독립적인 가족을 형성하게 되고, 성적, 경제적 결합을 통해 가족 관계를 형성하게 된다.

일반적으로 결혼을 하게 되는 동기는 연애를 통해 진행되었던 사랑의 결실을 실현하기 위해서, 성에 대한 합법성을 확보하기 위해서, 경제적으로 독립적 세대를 구성하여 경제적 안정을 추구하기 위해서, 가족 간 상호 지지와 협동을 통한 정서적 안정을 목적으로, 자녀 출산을 통해 일가를 이루기 위해서 등이 있을 수 있겠다.

결혼 생활은 우리들 삶의 행복을 결정하는 매우 중요한 요소이기 때문에 항상 건강하게 관리해야 한다. 그렇게 하기 위해 필요한 중요한 세 가지 요소는 다음과 같다.

첫 번째로 결혼 생활을 건강하게 유지하기 위해 갖추어야 하는 요소는 '정서적 안정성'이란 것이다. 결혼 생활은 30년 가까이 각기 다른 환경에서 살아온 남자와 여자의 동거 생활이다. 그래서 자칫 잘못하면 자신과 다른 상대방을 있는 그대로 받아들이지 못하고 비난하거나 비판하는 등 부정적 상호작용이 반복되어 갈등이 깊어질 수 있다. 결혼은 불행해지기 위해서 한 것이 아니라 행복해지기 위해서 한 것이다. 그렇기 때문에 서로 위로받고 이해하는 긍정적인 관계를 유지할 수 있도록 노력해야 한다.

　두 번째로 갖추어야 하는 요소는 '유해한 공포로부터의 자유'이다. 신체적으로나 정서적으로 해를 끼칠 수 있는 위험한 것에 대한 공포가 존재한다면 결혼 생활이 건강하게 유지될 수 없다. 가정 폭력 문제가 심각했던 터키는 2015년 가정 폭력 예방 차원에서 '결혼 면허제' 법안을 도입해 운영 중이다. 터키에서는 혼인신고 시 폭력 전과나 정신 질환이 없다는 걸 증명하는 '결혼 면허증'과 신분증을 공무원이 점검해서 결혼하기에 적합한 사람인지 확인하고 결함이 없다고 판단되어야만 혼인신고를 승인토록 되어 있다.

　비록 터키의 결혼 면허증 제도는 심각한 가정 폭력을 예방하기 위한 교육지책으로 마련된 제도이긴 하지만 결혼 자격 사전 검증 제도에 대한 필요성을 다시 한 번 생각해 보게 한다.

　50cc 오토바이를 운전하는 데도 면허증이 요구되고 조그만 식당을 운영하는 데도 자격증이 필요하다. 하물며 한 사람의 행복과 불행을 결정짓는 중요한 결혼 생활을 운영해 나가야 하는 사람이 무면허로 운전하게 된다면 이 얼마나 위험한 일이겠는가!

　그래서 우리나라도 결혼 생활의 위험을 줄일 수 있도록 결혼 면허제나 결혼준비교육 의무 이수 제도 도입을 검토해야 할 시점이 아닌가 하는 생각이 든다.

　세 번째 건강한 결혼의 요소는 '미래에 대한 안전함'이다. 모든 결혼은 백년해로를 전제로 해야 한다. 그렇게 되어야만 자녀를 출산하여 가족을 구성할 수 있게 되고, 경제적·정서적 공동체를 먼 미래까지 굳건하게 만들어 갈 수 있다. 일정 기간 동안의 계약 결혼이나 일정 기간 후 이혼이 예견되는 그러한 상황이라면 결코 건전한 결혼 생활을 영위할 수 없을 것이다.

　결혼 생활에서 무엇보다도 중요한 것은 아는 것보다 실천하는 것이다. 사랑을 받으려고만 하지 말고 먼저 사랑해 줌으로써 기쁨을 느끼는 그런 사랑을 실천해야 한다. 결혼 생활은 다름에서 오는 불편함을 인내하고 스스로를 좀 더 나은 인격체로 발전시켜 나가는, 끝없는 자기 수양의 과정이란 것을 기억해야 한다.

가정이란?

　가족은 혼인, 동거, 출산, 입양을 통해 구성된 사회집단이다. 가족은 사회를 구성하는 기본단위이자 국가를 이루는 세포조직이다.

　가족은 인간의 출현과 더불어 존재해 온 모든 사회제도 중 가장 오래된 단위이다. 만약 가족이란 사회제도가 없었다면 오늘날까지 인류가 존재할 수 있었을까? 아마 그렇지 못하고 오래전에 멸종했을 것이 분명하다. 왜냐하면 인류는 다른 동물들보다 연약한 존재이고 가장 성숙되지 못한 상태로 태어나기 때문이다.

　소는 출산과 동시에 자신의 힘으로 걷기 시작하지만 사람은 생후 16개월은 되어야 겨우 혼자서 걷기 시작한다. 사람은 태어나서 스스로 생존할 수 있게 되기까지 걸리는 시간이 다른 동물보다 매우 길다. 사람은 오랜 기간 동안 미성숙한 상태로 다른 개체로부터 보호를 받아 가며 생존해야 하는 존재이다. 만약 사람들에게 가족의 보호라는 방패막이가 없었다면 혼자의 힘으로는 아무것도 할 수 없는 어린 생명들이 성인이 되기도 전에 천적에게 공격을 당하여 멸종에 이를 수밖에 없었을 것이다.

우리 인류가 이러한 약점에도 불구하고 먹이사슬의 정점에 오를 수 있었던 것은 가정을 기초로 확산된 높은 사회성을 통한 연대와 소통 그리고 혁신 덕분이었다고 생각된다. 인류는 근력이나 민첩성 등에서 상대가 되지 않는 커다란 동물들도 가족을 기반으로 넓혀진 사회화 활동을 통해서 협동 작업으로 사냥할 수 있었고, 도구 개발을 통한 혁신으로 스스로의 능력을 업그레이드시킴으로써 더욱 강력한 존재로 발전해 나갈 수 있었다. 그래서 가족은 개인을 보다 더 강력한 존재로 만들어 삶의 위험을 감소시킬 수 있게 하였던 필수 불가결한 시스템이자 운명 공동체였다.

가정이란 가족들이 모여 살고 있는 생활공동체이다.
가족 관계는 가족 구성원들의 장기적인 역할 수행과 애정에 기초한 운명 공동체이다.

가정은 별거를 선언하지 않는 한 서로 매일 부딪치며 영향을 주고받게 된다. 또, 한 번 가족 관계와 가정이 형성되면 쉽게 그 관계를 해제할 수 없는 특징이 있다.

가정은 가족들의 상호작용에 따라 천당도 될 수 있고, 지옥도 될 수 있다. 사람들은 가장 가까운 사람들로부터 가장 크게 상처받는다. 그래서 가족은 원수도 될 수 있고 은인도 될 수 있다.

가정이 본래의 목적에 맞게 온전하게 잘 운영되고 있다면 그 가족은 서로에게 위로와 행복을 주는 은인들의 집합으로 달달한 행복이 피어나는 생활공동체, 운명공동체가 된다.

하지만 가족 구성원들이 각자 자신의 역할에 충실하지 못하고 서로에 대한 애정이 없으며 바람직한 상호작용도 없이 실망과 불만만 가득한 부정적인 상호작용만 계속된다면 그 가정은 이미 지옥이며 그 가족들은 원수가 될 수밖에 없다.

우리들은 가정에서 태어나 가정에서 생을 마감하게 된다. 그래서 우리들의 삶은 가정의 분위기에 크게 의존할 수밖에 없다. 자기가 소속된 가정이 어떠한 색깔을 띠게 되느냐에 따라 가정 속에서 살아가는 사람의 행복과 불행도 갈리게 된다.

그러므로 가족 구성원들은 가정의 분위기를 화기애애하게 유지하기 위해 노력해야 한다. 또 각자 자신의 역할에 충실하고 구성원 상호간 신뢰와 배려, 위로와 격려를 통한 긍정적인 상호작용을 강화할 수 있도록 노력해야 할 것이다.

〈행복〉

-나태주-

저녁 때
돌아갈 집이 있다는 것

힘들 때
마음속으로 생각할 사람이 있다는 것

외로울 때
혼자서 부를 노래가 있다는 것

부부란?

부부 사이는 0촌으로 부모와 자식 간의 1촌보다 가까운 사이다. 하지만 각자 성씨가 다르고 살아온 환경이 다른 남남 간의 만남이기도 하다. 일심동체의 관계인 동시에 동상이몽의 관계, 마주 보면 하나지만 돌아누우면 남남이 되는 사이! 그렇게 애매한 관계가 부부이다.

부부는 결혼을 통하여 가정을 만들고 출산과 육아를 통해 가정을 성장, 발전시켜 나가는 현대사회 형성의 핵심 주체이다. 부부는 평생 동안 함께하며 행복하고 평안한 삶을 만들어 가는 것을 목표로 자신들이 가지고 있는 모든 것들을 공동출자한 합작 사업의 파트너들이다. 따라서 합작 사업이 지속될 수 있도록 각자의 역할과 도리를 다해야 하는 의무가 있다.

부부는 감추어야 하는 비밀도 가려야 하는 부끄럼도 없는 편안한 관계이다. 그래서 부부 사이에는 자신의 어떠한 치부도, 자신의 부족함도 비난받지 않는다는 신뢰 관계가 형성되어 있어야 한다. 실오라기 하나 걸치지 않은 알몸도 부끄럼 없이 보여 줄 수 있어야 하고, 연약한 자신의 모습을 가리기 위해 애써 갑옷을 입을 필요도 없다.

부부 사이는 고락을 같이하는 운명 공동체이다. 그래서 부부는 지치고 힘들 때에도 서로에게 위로와 용기를 주고 어떤 상황에서든 서로를 응원해 줄 수 있는 절대적 우군이 되어야 한다.

한번 맺어진 부부의 인연은 이혼 혹은 사별이란 특별한 일이 발생되지 않는 한 평생토록 지속되며 정서적으로나 경제적으로 모든 자원들을 상호 공유하고 서로 상대방의 안녕과 행복을 위해 도움을 주는 관계를 만들어 가야 한다.

그 누가 욕하고 손가락질하더라도 부부는 서로를 욕하지 않고 보듬어 주어야 한다. 부부는 서로에게 비빌 언덕이 되어 주는 최후의 보루이기 때문이다.

부부는 서로에게 짐이 되는 걸림돌이 아니라 서로의 부족한 부분을

보완하는 조력자가 되어야 한다. 받으면서 기쁨을 느끼는 사랑보다
베풂으로써 기쁨을 느끼는 사랑이 진정한 사랑이다.

부부로 산다는 건…

부부로 산다는 건 결코 쉬운 일이 아닌 듯하다. 일반적인 세상일은 보통 10년 정도 열심히 갈고 닦으면 달인의 수준에 이를 수 있다고 하는데 나는 35년 동안 같은 사람과 부부 생활을 연마해 왔지만 아직까지도 가끔씩 부부 싸움을 하며 서로 상처를 주거니 받거니 하고 있으니 말이다.

말콤 글래드웰(Malcolm Gladwell)은 그의 저서 《아웃라이어(Outliers)》에서 '1만 시간의 법칙'을 소개하며 "어떤 분야의 전문가가 되기 위해서는 최소한 1만 시간 정도의 훈련이 필요하다."라고 주장했다. 1만 시간은 매일 3시간씩 훈련할 경우 약 10년, 하루 10시간씩 투자할 경우 3년이 걸린다고 한다.

나는 35년 동안 하루 10시간 이상, 총 12만 시간 정도를 부부 생활에 투자했으니 이러한 나의 노력을 '1만 시간의 법칙'에 적용한다면 나는 진즉에 부부 생활의 달인이 되어 있어야 정상이다. 그런데도 나는 왜 아직도 부부 생활에 있어서 초보 수준을 넘지 못하고 있는 것일까? 내 머리가 나빠서? 노력이 부족해서? 아마 그런 이유는 아닌 것 같다.

부부 생활이란 성장 배경과 성격이 다른 남녀 사이의 변화무쌍한 상호작용 속에서 발생하는 예측 불가능한 문제들과 그 해결 과정이기 때문이다.

똑같은 문제라도 발생 상황이 다르고, 당사자들의 성격이 다르고, 문제에 대한 대응 행동 성향들이 모두 다르기 때문에 일반화시켜 공통적인 해법을 제시하기 어렵다. 그래서 부부로 사는 것이 결코 쉬운 일은 아닌 것 같다.

부부로 산다는 것은 세모와 네모로 개성이 각각 다른 두 사람이 수없이 부딪치면서 서로를 닮아 둥글어져 가고 성숙해져 가는 과정인 것 같다. 그래서 오랜 기간을 같이 살아온 노부부들을 보면 서로가 비슷하게 닮아 오누이같이 보이는 경우가 많다.

아버지가 아들에게 전하고 싶은 주례사

아들아! 내 경험에 비추어 보면 아내는 남편의 인격을 연마하는 숫돌인 것 같다. 혹시 부부 생활 과정에서 아내의 불평과 지적에 직면하여 기분이 상하더라도 내 아내가 나를 좀 더 성숙한 인간으로 발전시키려고 또 갈기 시작했구나 하고 웃어 넘겼으면 좋겠다.

새아가! 남편을 성숙한 인격체로 만들기 위해 연마하는 것은 좋지만 너무 심하게 갈지는 말았으면 좋겠다. 너무 심하게 갈면 피가 나고 상처를 남기게 되기 때문이다. 그리고 가능하면 지적이나 충고보다는 칭찬과 격려로 남편의 자존심을 세워 주면서 바람직한 방향으로 이끄는 지혜를 발휘해 주기 바란다. "남자는 자신을 인정해 주는 사람에게 목숨을 바친다."라는 말이 있듯이 남자들을 움직이는 데에는 인정과 칭찬보다 더 효과적인 도구가 없기 때문이다.

부부로 살다 보면 신혼 초반에는 서로를 한없이 끌어당겨 가까이하려고 하지만 자녀가 생기게 되면 자녀들을 삼팔선 삼아 서로를 밀어낸다. 그러다 자녀들이 결혼하여 독립하면 다시 서로에게 의지하며 노년을 살아가게 된다.

한참 에너지가 넘치는 젊은 시절에는 서로 자유를 구속하는 족쇄처럼 느낄 수도 있겠지만 노년에는 서로에게 기댈 언덕과 디딜 지팡이가 되어 주는 귀중한 보물로 느껴질 것이다.

　그러하니 아들아, 젊을 때는 물론 노년에 더욱 진가를 발휘할 보물 같은 배우자를 소중하게 잘 아끼며 사랑해 주기를 바란다. 그렇게 하지 않으면 그 보물 같은 존재가 상처를 받아 흠이 생기거나 빛을 잃게 되기 때문이다.

CHAPTER 2

결혼을 위해
준비해야 할 것들

이상적인 결혼식이란?

아들아! 갑자기 영하로 뚝 떨어진 날씨와 연일 신규 확진자 발생 기록을 갱신하며 확산세가 거세어지고 있는 코로나 사회적 거리 두기 2.5단계 상황에서도 회사 다니랴, 결혼 준비하랴 정말 고생이 많구나!

바쁜 너희들을 보면서 너희들 대신 우리가 결혼식 준비를 해 주면 어떨까? 하는 생각도 했다. 하지만 그렇게 하면 부모 하객 중심의 결혼식이 되어 버려 주인공이 되어야 할 너희들의 생각을 잘 담아내지 못할 것 같았다. 그래서 나는 그렇게 하지 않기로 결정했다.

나는 지금까지 수많은 지인들의 자녀 결혼식에 참석해 왔다. 특히 결혼 시즌이 다가오면 일주일에도 2~3건의 청첩장을 받기도 했는데 결혼식장에 다녀올 때마다 매번 '이건 아닌데…' 하는 생각을 떨쳐 버릴 수 없었다.

내가 참석한 대부분의 결혼식들은 결혼식 본연의 의미를 잘 반영하지 못하고 때로는 혼주의 인맥을 과시하는 장소로, 때로는 혼주의 재력을 과시하는 장소로 변질되어 럭셔리한 겉과는 너무 대조적으로 속은 텅 빈 낭비적인 행사로 치러지고 있었기 때문이다.

신랑, 신부의 이름도 모르면서 혼주에게 눈도장 찍기 위해 모인 하객들이 결혼식장을 가득 메우고 있었고, 결혼식장에는 입장도 하지 않은 채 축의금만 내고 바로 피로연이 열리는 식당으로 직행하는 사람들도 많았다. 그렇게 모여 앉은 식당에서는 아무도 주목하는 이 없는 결혼식 영상들만이 허공에 매달린 스크린에 비춰지고 있었다. 결혼식 축하를 뒷전으로 하고 거래처 사람들과의 비즈니스에 열중인 하객들은 오랜만에 만난 지인들과의 인사나 안부 묻기에만 바쁜 모습이었다.

그런데도 이런 아무런 의미 없는 결혼식을 위해 그렇게 비싼 대관료를 내면서 유명 호텔 예식장을 경쟁적으로 예약하고 결혼식 당일 밥값만 해도 수천만 원이 드는 요란뻑적지근한 결혼식을 해야만 결혼을 잘 시킨 것으로 생각하고 있는 사람들이 많다는 것이 더욱 이해하기 힘든 현실이다.

물론 우리도 부모님들이 일방적으로 준비해 둔 결혼식장에 나가 결혼 서약도 하고, 주례사도 듣고, 가족사진도 촬영하며 그 당시 세상에서 유행했던 일반적인 관례에 따른 결혼식을 했었다. 그때는 그렇게 해야 문제가 없다고 생각했기 때문이다.

그렇지만 지나고 보니 그때 우리가 결혼식을 위해 많은 돈을 들이고 신경 써서 준비한 대부분의 이벤트들이 행복한 결혼식을 추억하는 데 별 도움을 주지 못했다.

그 당시 신경 써서 촬영했던 결혼식 비디오는 결혼식 직후에 한번 틀어 본 것을 마지막으로 수십 년 동안 수납장 깊숙한 곳에 묻혀 지냈다. 그러다가 지금은 그동안 눈부신 발전을 거듭해 온 현재 영상 기기와의 호환성을 상실해서 폐기해야 할 애물단지가 되어 버렸다.

그때 결혼식장을 찾아 주었던 수많은 하객들 중 기억나는 사람들은 가족들과 가까운 친지 몇 명뿐이고 대부분의 사람들은 우리들의 결혼을 축하하며 끝까지 지켜봐 주지 못하고 그냥 기억 속에서 사라져 버렸다.

결혼식장에서의 꽃 장식이나 드레스 그리고 결혼사진 등은 일상의 늪에 빠져 허우적대고 있던 우리들에게는 아득한 기억 속 빛바랜 앨범의 한 페이지 이상의 의미를 주지 못했다.

다만 신혼여행 중의 추억이나 신혼 초 생활은 가끔 우리들 기억 속에 호출되어 흐뭇한 미소를 짓게 한다.

이러한 모든 것들을 생각해 보면 지금껏 우리들이 관행적으로 해 온 결혼식은 결혼식 본연의 의미와는 동떨어져 낭비적으로 치러지고 있는 허례허식에 불과한 것 같다.

내가 생각하고 있는 이상적인 결혼식은 신랑, 신부가 주인공이 되어 가까운 친지들의 진심 어린 축하를 받으며 그들 앞에서 결혼에 대한 진지한 서약을 공표하고 새 출발에 대한 각오를 다지는 것이라고 생각한다.

그래서 결혼식 날짜도 철학관에서 알려 주는 길일이나 예식장 예약부에서 알려 주는 예약 가능일이 아니라 결혼식의 주인공이 될 신랑, 신부의 스케줄에 맞춰 결정되어야 한다고 생각한다.

결혼식 장소나 식순 그리고 초청할 하객 규모와 명단 등도 전적으로 결혼식의 주인공들이 결정하여 진행하는 것이 결혼식 본연의 의미를 잘 담은, 평생 기억에 남을 결혼식이 될 것이다. 그리고 이러한 모든 항목들을 검토하고 상의하는 과정에서 각기 생각이 다른 신랑, 신부가 의사 결정 연습을 하게 되는 부수적인 이득도 얻을 수 있을 것이다.

그러니까 아들아! 조금은 귀찮고 복잡하더라도 최대한 허례허식들을 걷어 낸 작지만 실속 있는 결혼식을 설계해 주기 바란다. 나도 그동안 지인들의 결혼 축의금으로 상당히 많은 돈을 소비했지만 너를 잘 알지도 못하는 사람들을 네 결혼식에 초대해 빌려준 돈 받아 내듯이 축의금을 받고, 영혼 없는 축하를 받으며 괜히 예식장을 붐비게 만들고 싶지는 않구나.

럭서리한 결혼식에 쓸 돈이 있다면 그 비용을 아껴서 좀 더 멋진 신혼여행을 구상해 보는 것도 좋을 것 같다. 결혼식 당일에 잠시 나타났다 사라져 버리는 일회성 이벤트에 돈을 들이는 것보다는 평생토록 추억으로 남을 신혼여행에 더 많은 비중을 두는 것이 현명한 일이기 때문이다.

신혼 초 살림이 어느 정도 정상 궤도에 도달할 때까지는 돈 들어갈 곳이 많을 것이다. 그때를 대비해서 약간의 예비비를 비축해 놓는다면 신혼 초부터 돈에 쪼들려 허니문 분위기를 망치게 되는 일은 없을 것이다.

나는 아들을 전적으로 신뢰하니까 네가 알아서 잘할 것이라고 믿는다. 그리고 우리는 네가 어떠한 결정을 하든지 너의 결정을 존중하고 적극 지원할 생각이니 너의 창의성을 최대한 발휘해 멋진 결혼식을 준비해 주기 바란다.

결혼식 전에 버려야 할 것들

아들아! 결혼식 구상이 어느 정도 정리되었다면 이제는 차근차근 결혼 준비를 시작해야 할 때가 왔구나.

순조로운 새 출발 준비는 새로운 삶에 걸림돌이 되는 과거의 것들을 털어 내는 것으로부터 시작되어야 할 것이다.

성경에서 결혼을 "이러므로 남자가 부모를 떠나 그 아내와 연합하여 둘이 한 몸을 이룰지로다."(창세기 2장 24절)라고 언급하고 있는 것을 볼 때 결혼을 위해 가장 먼저 해야 할 일은 부모를 떠나는 일인 것 같다.

여기서 부모를 떠난다는 말은 단지 부모의 집을 떠난다는 장소적인

이동의 뜻에 국한되지 않고 부모에 대한 의존심과 결혼 전에 소속되었던 가족에 대한 동일체 의식 등을 같이 떠나보냄을 뜻하는 것이다.

결혼은 그동안 자신이 태어나고 자란 원가족이란 팀을 떠나 자신과 아내가 연합하여 새로 만든 새로운 팀(생식가족)으로 소속을 옮기는 것이다. 따라서 자신이 소속되었던 팀에 대한 관심과 역할을 과감하게 덜어 내고 새롭게 소속된 팀의 운영에 집중해야 할 것이다.

그동안 원가족에 소속되어 부모님의 경제적 지원이나 조언에 의존하며 살아왔다면 이제부터는 모든 일들을 스스로 판단하여 독립적으로 실행하고 그 책임도 자신이 질 수 있어야 진정한 독립 세대주라 말할 수 있다.

부모로부터 경제적인 독립은 물론이고 심리적·정서적 독립도 이루어져야 변화무쌍한 세상에 효과적으로 대응하며 자립할 수 있기 때문이다.

원가족과의 미련을 떨쳐 버리지 못해 적절한 자기 분화를 이루지 못한 상태에서 결혼한 사람들은 새로 구성한 생식가족과 원가족 양쪽 모두에 양다리를 걸치고 살아가게 된다. 때문에 양 조직 간 이해관계나 목표 충돌이 발생하게 되면 예상치 못한 갈등에 휘말릴 가능성이 매우 크다.

그렇게 되면 신랑과 신부는 같은 목표를 위해 새로 구성한 생식가족의 합작 파트너로서의 입장을 망각하고 각기 자신을 키워 준 원가족의 대변인 혹은 그 가족의 대표 선수의 입장이 되어 두 가족 간의 상호 비방전에 참여하게 된다.

그런 과정에서 발생되는 부부간의 갈등과 서로 주고받게 되는 감정적 상처는 시간이 흘러도 쉽게 회복되기 어려운 상태까지 치닫게 된다. 그래서 결혼 생활 중 특히 조심해야 할 일은 상대방의 못마땅함을 그 사람 자체로 비난함에 더하여 그 사람의 부모나 형제들과 싸잡아서 비난하는 것이다.

설사 원가족과 분화가 잘된 사람이라 하더라도 자신을 낳아 주고 키워 준 부모와 조상들을 자신의 면전에서 욕보이려 하는 사람 앞에서 평정심을 유지하는 것이 결코 쉬운 일이 아니기 때문이다.

원가족으로부터의 적절한 분화가 이루어지지 못한 두 사람이 결혼하여 한 가정을 이루게 되면 자신들의 문제에 자신들의 전 소속 가정들의 문제까지 추가되어 의사 결정 과정이 매우 복잡해진다.

따라서 새로 가정을 이룬 사람들은 전 소속 가족들과 적절한 거리를 유지하며 서로에게 걱정거리를 전파하지 않도록 노력하고 각자 자신의 가정에 충실할 수 있도록 해야 한다. 그렇다고 자신을 낳아 주고 키워 준 부모님께 감사한 마음이나 형제자매에 대한 정까지 덜어 내라는 것은 결코 아니다. 다만 그러한 것들이 너무 지나쳐서 신혼 생활에 방해가 되지 않도록 하라는 것이다.

결혼식을 하기 전에 버려야 할 두 번째 항목은 아집이다. 결혼 생활은 혼자가 아니라 두 사람이 같은 곳을 바라봐야 하는 공동생활이기 때문이다. 두 사람이 공간과 생활을 공유하며 살아야 하는 결혼 생활을 평화롭게 유지하려면 서로가 자신만의 고집을 관철하려고 투쟁하는 어리석은 짓은 피해야 한다. 신랑, 신부는 30년 남짓 전혀 다른 환경에서 살았고 성별도 성격도 다른 사람들이다. 그래서 결혼 생활 과정의 다양한 상호작용 속에서 자주 부딪칠 수밖에 없을 것이다. 그럴 때 서로가 자기의 아집을 버리지 못한다면 어떻게 합의점을 찾으며 순조로운 공동체 생활을 지속해 낼 수 있겠는가? 그러하니 가능하면 결혼식 전에 자기의 아집을 버리는 연습을 해야 한다.

세 번째로 결혼식 전에 버려야 할 것은 담배를 피우는 것과 같은 악습들이다. 너 혼자 살 때 형성된 악습들이 같이 살게 되는 아내에게는 엄청난 스트레스나 불행이 될 수도 있다. 그래서 최소한 서로에게 피해를 줄 수 있는 악습은 제거해 버리고 결혼식장에 입장할 수 있어야 한다. 물론 습관이란 오랜 기간 반복된 행동에 의해 만들어지는 것이기에 쉽게 고치기 어려울 줄로 안다. 하지만 그렇더라도 자신의 악습으로 인해 상대방에게 고통을 주고 상대방에게 그것을 참아 주도록 강요할 권리는 없다. 그러하니 가능하면 그러한 악습을 고치도록 노력해야 하고 정 안된다면 그런 악습이 상대방에게 나쁜 영향을 주지 않도록 철저히 관리해야 한다.

결혼식장에 반드시 가지고 가야 할 것들

　다음은 결혼식장에 반드시 가지고 가야 할 것들을 생각해 보려고
한다.

　결혼식장에 가지고 가야 할 첫 번째 마음은 자신을 결혼식장에 갈
수 있도록 낳아 주고 길러 주신 부모님들께 감사하는 마음이라고 생
각한다. 부모님들이 존재하지 않았다면 자신이 이 세상에 태어나지
못했을 것이고, 이렇게 잘 성장해서 자신의 가정을 꾸릴 수 없었을 것
이다. 그래서 부모님께 감사하는 마음을 제일 먼저 가지고 가야 하는
것이다. 그리고 이러한 감사의 마음은 반려자의 부모님께도 정중하게
전해야 한다.

결혼식장에 가지고 가야 할 두 번째 마음은 배우자가 될 사람에 대한 진실한 사랑과 배려이다. 여기에서 이야기하는 사랑은 단순히 남녀가 서로의 외모나 매력에 끌려 하게 되는 그런 불같은 사랑이 아니라 상대방의 부족함이나 아픔까지 사랑할 수 있는 그런 사랑이 되어야 한다.

미국 코넬대 인간행동연구소의 '신디아 하잔' 교수팀이 2년에 걸쳐 다양한 문화 집단에 속한 남녀 5천 명을 대상으로 인터뷰를 실시하여 밝혀낸 남녀 간 애정 지속 기간에 대한 연구 결과에 따르면 남녀 간의 가슴 뛰는 사랑은 18~30개월이면 사라진다고 한다. 그리고 남녀가 만난 지 2년 전후로 대뇌에 항체가 생겨 사랑의 화학물질이 더 이상 생성되지 않고 오히려 사라지기 때문에 사랑의 감정이 변하는 것은 지극히 자연스러운 현상이라는 것이다.

그러므로 백년해로를 목적으로 해야 하는 결혼 생활을 온전히 지탱해 내려면 남녀 간의 끌림에 의존하는 불같은 사랑만으로는 부족함이 많다. 그래서 상대방의 부족함이나 아픔까지 사랑할 수 있는 그런 사랑이 추가로 더 필요한 것이다.

또 자신의 성씨와 다른 낯선 사람들로 둘러싸여 있는 시댁 사람들과 어색한 관계를 시작해야 하는 아내에 대한 속 깊은 배려 역시 신혼 초 남편의 매우 중요한 역할이 될 것이다.

오직 남편 하나만 믿고 낯선 사람들로 둘러싸인 시집에 발을 들였는데 유일하게 기댈 수 있는 남편마저도 자신에게 배려하는 마음을 보여 주지 않는다면 아내가 얼마나 외롭고 힘들겠는가?

사실은 나도 신혼 때 이런 역할을 잘해 주지 못해서 아내를 많이 힘들게 한 사실을 나중에 세월이 한참 지나고 나서 깨닫고 땅을 치며 후회한 경험이 있음을 고백하지 않을 수 없구나.

그러하니 아들아! 너는 나와 같은 실수를 저지르지 말고 네가 중간에서 중재 역할을 잘해서 아내를 힘들게 하지 않았으면 좋겠다. 둘이 사는 집에서 아내 얼굴에 그림자가 드리워지면 집 전체가 어두워지게 되는 것이니 네가 먼저 나서서 해결해야 할 것이다.

결혼식장에 가지고 가야 할 세 번째 마음은 평생토록 변치 않을 약속과 서로에 대한 믿음이다.

결혼은 두 사람이 행복을 목표로 각자가 가지고 있는 모든 것을 투자해서 50년 내지 60년간 지속되어야 하는 인생 최대 합작 사업이다. 그래서 상호 신뢰를 바탕으로 하는 변치 않는 약속이 무엇보다 중요한 것이다. 그리고 약속이 효력을 가지기 위해서는 상대편에게 약속대로 이행할 것이라는 믿음을 줄 수 있어야 된다. 물론 너도 상대방을 믿을 수 있어야 할 것이고.

상대방에게 믿음을 주기 위해서는 평소에도 상대방을 속이지 않고 거짓말하지 않으며 작은 일에서도 불의하지 않고 약속을 철저히 지키는 일관된 모습을 보여 주어야 할 것이다. 그러한 과정을 통해서 서로에 대한 신뢰 관계가 확고히 정립되어야 인생 최장기 합작 프로젝트인 결혼 생활이 성공적으로 유지될 수 있을 것이다.

결혼식장에 가지고 가야 할 네 번째 마음은 새로 만들어진 가족 내에서 자신의 역할에 대한 책임감과 새로운 삶에 임하는 각오이다.

결혼 생활은 2인 3각 경기와 같이 각기 다른 두 사람이 하나의 목표를 향해 나아가는 것이다. 따라서 각자 자신이 정통한 부분을 중심으로 역할을 나눠 맡고 각자 맡은 바 역할을 책임지고 완수할 수 있어야 결혼 생활이 원활하게 돌아갈 수 있다. 두 사람이 의견이 잘 맞아 방향 설정에 어려움이 없고 각자 자신의 역할을 잘 수행해 나간다면 결혼 생활은 그야말로 순풍에 돛을 단 배와 같이 순조롭게 나아갈 것이다.

그리고 혹시 결혼 생활이 행복의 나라로 순항하다가 잠시 방향을 잃게 되더라도 새로운 삶을 성공적으로 헤쳐 나가겠다는 비장한 각오를 가지고만 있다면 끝내 새로운 방향을 찾고 에너지를 보충해서 행복의 나라로 순항해 나갈 수 있을 것이기 때문이다.

결혼식장에 가지고 가야 할 다섯 번째 항목은 결혼준비교육 수료증이다.

결혼준비교육은 새롭게 시작하는 가정의 준비도를 높여 건강하고 행복한 가정을 형성함을 목적으로 각 지자체나 종교 단체 등에서 무료로 실시하고 있는 교육이다. 주요 내용은 신혼 생활 적응, 역할 분담, 의사 결정, 대화 기술, 시댁/처가와의 관계 등이 포함되어 있어 신혼살림을 시작하려는 사람들에게 매우 유용한 교육이 될 것이라고 믿는다. 따라서 너희들도 가능하면 결혼식 전에 교육을 받고 진지하게 신혼 생활을 시작할 수 있었으면 좋겠다.

CHAPTER 3

부부 생활 금기 사항

주도권 경쟁

　결혼 초기 가정에서는 흔히 주도권 경쟁 현상을 관찰할 수 있다. 신혼 초 신랑, 신부 두 사람으로 구성되는 가정도 하나의 엄연한 조직이기 때문에 조직이 갖추어야 하는 핵심 운영 구조들이 명확하게 결정되어 있어야 갈등을 피할 수 있다.

　하지만 사랑 하나만 믿고 결혼하게 된 두 사람은 그 조직에서 리더를 누구로 할 것인지? 리더와 구성원에게 어떤 권한과 책임을 나누어 줄 것인지? 조직의 주요한 의사 결정은 어떤 절차로 만들어 갈 것인지? 조직 질서 유지를 위해서 조직원 모두가 지켜야 할 기본 규칙은 무엇인지? 그 가정의 미션과 장·단기적 목표는 무엇인지? 등 조직 운영의 기본 항목들에 관심이 없다.

그래서 결혼 초에는 그냥 사랑하는 사이니까 이심전심으로 그때그때 각자가 알아서 하면 될 거라고 믿는 모호한 관계로 살아가게 된다. 그러다가 중요한 의사 결정 과정에서 각자 의견이 여러 가지로 갈라지게 되면 서로 자기주장을 관철시키려고 목소리를 높이게 된다. 이렇게 신혼 초 주도권 경쟁이 시작되는 것이다.

결혼 선배들은 조언한다. 결혼 초 주도권 경쟁에서 지면 일생 동안 피곤하게 살아야 하기 때문에 정신 바짝 차려야 된다고.
그래서 신혼 초에는 서로가 주도권을 쥐겠다고 투쟁하며 상대방이 먼저 꼬리를 내리기를 기다리는 사람들도 있다.

예전에 내 직장 동료 한 명은 신혼 초에 일찍일찍 퇴근하면 무능한 사람으로 취급당해 아내에게 구박받고 주도권을 내주어야 한다고 생각하여 일도 없으면서도 밤늦도록 회사에 남아서 빈둥거리던 웃지 못할 사례도 있었다. 이 얼마나 무식하고 바보스러운 행동들인가?

그러하니 아들아! 너는 이렇게 무식하고 바보스러운 주도권 경쟁을 피했으면 좋겠다. 그리고 신혼 초 발생할 수 있는 주도권 갈등은 팀 빌딩이 되지 않아서 발생한 것이란 사실도 알기 바란다.

일반적으로 조직이 추구하는 목표를 성공적으로 창출해 내기 위해서는 조직 목표에 대한 구성원들의 통일된 인식이 있어야 하고 팀 구성원들의 역할과 책임이 명확하게 정립되어 있어야 한다. 또, 신속, 정확한 의사 결정이 가능토록 룰이 마련되어 있어야 하며, 조직 질서 유지를 위해 조직원 모두가 지켜야 하는 기본 규칙과 갈등 관리 수단이 마련되어 있어야 한다.

이러한 항목들이 명확하게 결정되어 있지 않은 상태로 팀이 가동되면 조직이 가야 할 방향을 잃어 갈등이 발생될 수 있다.

따라서 결혼 후 가장 먼저 해야 하는 일은 결혼으로 새로 만들어진 가정이란 조직이 효율적으로 기능할 수 있도록 조직이 갖추어야 하는 제반 사항들을 정하는 팀 빌딩 작업이다.

물론 가정과 같은 작은 조직에서 기업이나 정부 조직에서 하는 복잡한 팀 빌딩 과정을 모두 거쳐야 할 필요는 없다. 가정에서는 팀 빌딩의 취지를 응용한 간략한 형식의 팀 빌딩만으로도 충분할 것이다.

가정에서 해야 할 팀 빌딩 작업은 미션과 목표 설정으로 시작되어야 한다.

부부 두 사람이 공동 목표를 추구해야 하는 가정에서 서로 다른 생각을 가지게 된다면 그 가정이 어떻게 되겠는가? 옛 속담에도 "사공이 둘이면 배가 산으로 올라간다."라는 말이 있지 않은가?

흔히들 2인 3각 경기로 비유되는 부부 생활은 각자가 같은 방향을 보며 같은 템포로 움직여야 어려움이 없기 때문에 부부가 항상 같은 방향을 보며 움직일 수 있도록 가훈이나 장기 목표 등을 만들어 보는 것도 도움이 될 것이다.

두 번째는 팀 구성원과 팀 리더의 역할을 정의하는 것이다. 모든 조직은 그 조직을 주도적으로 운영하고 책임질 리더와 분담된 역할을 담당하며 리더를 보좌할 팔로워가 정해져 있어야 한다. 그리고 각자의 업무 범위와 권한 그리고 책임 범위가 명확히 정해져 있어야 조직이 일사불란하게 돌아갈 수 있다.

그러하니 너도 아내와 토론하여 이러한 사항들을 명확히 정해야 할 것이다. 주민등록상 남자가 세대주로 되어 있다고 꼭 남자가 리더가 돼야 한다는 법은 없다. 그리고 돈벌이는 남자, 살림은 여자라는 구분도 구시대의 유물에 불과하다.

적재적소란 말이 있듯이 일의 특성별로 그 일을 가장 잘할 수 있는 사람이 그 일의 리더가 되고 나머지 사람은 조력자가 되는 것이 가장 합리적인 기준이 될 거라 믿는다.

초등학교 때 분단장이나 주번처럼 돌아가면서 할 수도 있을 것이다. 특히 설거지나 청소같이 특별한 기술을 요하지 않지만 귀찮은 일은 돌아가면서 해 보는 것도 생각해 볼 수 있을 거다. 가사도 외부 일도 각자가 조금씩 분담해 보는 것도 나쁘지 않을 것이다. 일들을 너무 세분해서 전문화시키게 되면 각자가 그 분야에서 전문가가 되는 데는 유리하겠지만 특정 분야에 치우친 균형 잃은 사람이 될 위험성이 있기 때문이다.

세 번째는 의사 결정 룰을 정하는 것이다. 의사 결정 룰은 일반적으로 리더의 독단적인 결정, 전원 만장일치, 다수결 등의 방법이 있을 수 있을 것이다. 하지만 의사 결정 참여자가 단 두 명뿐인 가정에서는 다수결이 불가하기 때문에 만장일치나 리더의 독단적인 결정 두 가지가 선택 가능한 옵션이 된다.

의사 결정 방법은 의사 결정 상황에 따라 달라지는데 긴급한 의사 결정이 필요할 때에는 리더의 독단적인 결정이 더 좋은 방법이 될 것이고, 시간적 여유가 있으며 공동의 이익에 매우 중요한 결정인 경우는 만장일치를 선택함이 더 좋은 방법이 될 것이다.

따라서 의사 결정 룰은 의사 결정 대상을 몇 개의 유형으로 구분한 뒤 그 의사 결정의 성격이나 상황을 고려해서 최적의 의사 결정 방법을 선택하여 적용하기 바란다.

네 번째는 조직 질서 유지를 위해 조직원 모두가 지켜야 하는 기본 규칙을 정하고 갈등 관리 수단을 강구하는 것이다.

고작 두 사람만으로 구성된 가정도 엄연한 조직이기 때문에 조직 질서 유지를 위해 조직 구성원들이 지켜야 할 기본 규칙이 있어야 된다. 나라의 질서를 유지하기 위해서는 법이 있고, 각종 모임에도 회칙이란 규칙이 있듯이 가정에도 구성원들이 지켜야 할 기본 규칙을 명시할 필요가 있다.

이러한 규칙이 없으면 각자가 자기 기준으로만 생각하고 행동하다가 의도치 않게 상대에게 불편을 주는 행동을 할 수도 있고, 공동생활의 질서를 깨는 돌발 행동들로 인해 가정 내 불필요한 갈등들이 발생할 수 있기 때문이다.

그러니까 아들아! 두 사람이 같이 앉아서 서로에게 하지 않기를 원하는 것과 해 주었으면 좋겠다고 생각하는 것들을 적어 보아라. 도출된 내용 중 중요한 항목을 선별하여 '우리 가족 기본 규칙'을 만들어 보거라. 그리고 최소한 그 규칙만은 어떤 일이 있어도 반드시 지키겠다는 서약을 하고 지켜 나가기 바란다.

다섯 번째는 갈등 관리 수단을 마련하는 것이다.

사람이 살면서 아무런 갈등 없이 살 수 있다면 얼마나 좋을까? 하지만 매일 부딪치며 상호작용을 하고 살아야 하는 부부 생활에서 아무런 갈등 없이 산다는 것은 거의 불가능한 일이다. 그래서 갈등 없이 살려는 노력보다는 갈등이 생겼을 때 어떻게 해결할 것인지? 갈등 발생의 조짐이 보일 때 어떻게 대처할 것인지에 대해 사전에 준비를 해 놓는 것이 더 현실적인 대안이 아닐까 생각한다.

대부분의 갈등은 의사소통 오류로 발생한 오해에서 시작되고 잘못된 의사소통은 갈등을 더욱 고조시키는 역할도 한다. 따라서 갈등 관리는 의사소통 방법을 바꾸는 것으로부터 시작함이 효과적이다.

결혼으로 만난 두 사람은 결혼 전 떨어져 살았던 30여 년 동안 각자다른 환경에서 자랐고 성격도 매우 다르다. 그래서 같은 언어로 대화

해도 자신의 생각이 상대방에게 100% 전달되지 못한다는 사실을 인정해야 될 것이다. 그리고 각자 자신의 의사소통 패턴이 긍정적인지? 부정적인지? 한번 점검해 보았으면 좋겠다.

재미있는 이야기 하나를 소개하면 옛날에 말끝마다 "그럴 리가?"를 반복하는 할머니와 "그렇구나!"란 말을 반복하는 할머니가 살았다고 한다. "그럴 리가?" 할머니는 부잣집에 살면서도 그 사람을 좋아하는 사람들이 아무도 없어 친구들도 하나 없고 남편마저 일찍 돌아가셔서 항상 외롭고 불행하게 살다가 일찍 생을 마감했다고 한다. 하지만 "그렇구나!" 할머니는 비록 가난하게 살았지만 모든 사람들에게 사랑받고 항상 웃으며 오랫동안 행복하게 살았다는 전설이다.

위의 예화에서 볼 수 있듯이 사람들은 말끝마다 "그럴 리가?" 하면서 공감이나 동의를 부정하는 부정적인 커뮤니케이션 패턴을 가진 사람들을 싫어하고, 자신의 말을 신뢰해 주고 공감해 주고 동의해 주는 "그렇구나!" 할머니를 좋아한다. 부부간 대화에서도 말끝마다 태클을 걸고 나오는 사람이 존재 한다면 갈등과 침묵이 흐르는 어두운 집이 될 것이다.

그러니까 아들아! 혹시라도 너에게서 부정적인 커뮤니케이션 패턴이 관찰된다면 그러한 커뮤니케이션 패턴을 긍정적인 방향으로 전환하기 위해 최선의 노력을 다해야 할 것이고, 가능하면 긍정적인 커뮤니케이션을 생활화하도록 힘써야 할 것이다.

비교

부부 생활은 한집에 사는 서로 다른 두 사람 사이에서 일어나는 끝없는 상호작용의 산물이다. 부부 생활의 상호작용은 말이나 행동으로 이루어지지만 대화로 이루어지는 것이 대부분이다.

말의 힘은 참으로 대단하다. 칼에 베인 상처는 시간이 지나면 쉽게 아물지만 세 치 혀에 베인 상처는 평생을 갈 수도 있다. 그래서 부부와 같이 친밀한 관계에서도 절대로 말은 함부로 하면 안 된다. 생각 없이 뱉은 말로 인하여 상대편 마음에 골이 깊은 상처를 남길 수도 있기 때문이다.

특히 상대방을 있는 모습 그대로 사랑하지 못하고 항상 다른 사람들과 비교해서 말하는 것은 듣는 사람을 매우 속상하고 난감하게 만든다.

나다움 때문에 나를 사랑했던 배우자가 내가 아닌 다른 사람을 동경한다는 것 역시 기분 좋은 일은 아니기 때문이다. 그것도 특히 가까운 주변 사람들과 비교하며 조목조목 나에게 불만인 부분들을 지적해 대는 것은 예리한 칼로 자신을 난도질하는 것과 같은 마음의 상처를 남긴다. 그래서 남과의 비교는 부부 생활의 금기 사항이 되어야 한다.

한때 프랑스 파리 르네 데카르트 대학 병원 정신과 과장으로 근무했던 프랑수아 를로르가 자신의 임상 경험을 바탕으로 저술한 《꾸뻬 씨의 행복 여행》이란 베스트셀러 소설을 읽어 보면 정신과 의사인 주인공 꾸뻬 씨가 행복이 무엇인지 답을 찾기 위해 여행을 떠나는 장면이 있다. 그런데 그 여행에서 꾸뻬 씨가 제일 먼저 배움을 얻게 된 것은 "행복의 첫 번째 비밀은 자신을 다른 사람과 비교하지 않는 것이다."라는 내용이었다.

소설 속에서 여행을 위해 비행기를 타게 된 꾸뻬 씨가 뜻밖의 행운을 만나 이코노미석에서 비즈니스석으로 좌석 승급 기회를 얻게 되었다. 꾸뻬 씨는 너무 기분이 좋아져서 옆 좌석 사람에게 "너무나 편안한 의자군요!"라고 말하며 즐거움을 감추지 못했다. 그런데 그 말을 듣고 있던 비비엥이란 사람이 "홍, 이 의자는 퍼스트 클래스보다 훨씬 덜 눕혀지는걸요."라고 불만스러운 어조로 말하는 것을 보고 물질적 편안함은 행복의 조건에서 사람에 따라 상대적이며 그 속성은 지속적으로 향상되지 않는 한 의미가 없다는 것을 깨닫게 되었다. '행복의 첫 번째 비밀은 자신을 다른 사람과 비교하지 않는 것이다.'라는 배움을 얻는 장면도 나온다. 여기에서 우리들이 얻을 수 있는 교훈은,

"행복은 타인과 비교하는 순간 불행으로 바뀐다."라는 것이다. 행복은 나 자신의 시간과 비교할 때만이 행복으로 이어질 수 있다.

부끄럽지만 나의 결혼 생활을 돌이켜 보면 남과 비교당하는 불쾌감에서 시작된 부부 싸움들을 심심찮게 기억해 낼 수 있다.

"옆집 남자는 일찍일찍 퇴근해서 아내를 많이 도와주는데 당신은 왜 그렇게 못하나요?", "친구 남편은 돈 많이 벌어다 준다는데 당신 월급은 왜 이것밖에 안 되나요?", "친구네 남편 집은 부자라서 시댁에서 평수 큰 아파트를 사 줬다는데 당신은 코딱지만 한 아파트도 대출받아서 겨우 전세로 마련하고." 등등….

아내가 다른 사람과 비교해서 나를 못마땅해하는 말을 계속하면 가만히 듣고 있던 나도 결국은 인내의 한계에 도달해서 "내가 그런 사람인지 모르고 결혼했어요? 친구 남편이 그렇게 좋아 보이면 그 사람하고 결혼해서 살지, 왜 나에게 그 사람 같지 않느냐고 원망하고 그러는 거요!" 하고 화를 내면서 자리를 박차고 일어날 수밖에 없지 않겠는가?

그렇게 되면 갑자기 집 안에 찬바람이 불게 되고 불행의 그림자가 스며들게 될 수밖에…. 불행이란 우리들로부터 그리 먼 곳에 있는 것이 아니라 행복 바로 뒤쪽에서 여차하면 뛰쳐나올 기회를 노리면서 항상 대기하고 있다. 우리들은 순간의 실수 때문에 불행의 나락으로 떨어지지 않도록 매사에 언행을 조심하며 살아야 한다.

그러하니 아들아! 그리고 새아가! 타인과의 비교는 부부 생활 중 절대 하지 말아야 할 가장 중요한 금기 사항으로 가슴 깊이 새기고 철저히 지켜 주기 바란다.

비판

이 세상에 비판받으면서도 즐거워하는 사람이 존재할까? 아마도 그런 사람은 찾아보기 어려울 것이다. 사람은 누구나 자신이 한 일들을 다른 사람들이 인정해 주고 칭찬해 주기를 원하기 때문이다.

이러한 인간의 심리는 미국 심리학자 에이브러헴 매슬로우가 주장한 "욕구 5단계 이론"을 통해서도 쉽게 확인할 수 있다.

매슬로우는 1943년에 발표한 〈인간 동기의 이론(A theory of human motivation)〉이란 논문에서 인간의 욕구는 생리적 욕구, 안전의 욕구, 애정의 욕구, 존중의 욕구, 자아실현의 욕구가 위계적으로 구성되어 있으며 하위 단계의 욕구 충족이 상위 계층 욕구 발현을 위한 조건이 된다고 주장했다.

5단계 욕구 중에서도 특히 생리적 욕구, 안전의 욕구, 애정과 소속의 욕구, 존중의 욕구는 충분히 충족되지 않거나 부족할 경우 문제를 일으킬 수 있는 욕구라고 설명하며 이들을 '결핍 욕구'란 범주로 묶어서 표현하고 있다.

여기서 이야기하고 있는 '존중의 욕구'란 타인으로부터 인정받고 주목받기를 원하는 욕구로 타인의 평가와 위신에 중요한 가치를 두며 살아가고 있는 우리들의 심리를 잘 설명해 주고 있다.

비판을 받는다는 것은 자기가 한 일이 무엇이 잘못되었는지 그 원인은 무엇인지에 대해 다른 사람들로부터 지적당하며 비난받는 일이다.
지적과 비판은 그것을 당하는 사람에게 대외적인 망신을 주어 남에게 인정받고 싶어 하는 존중의 욕구를 정면에서 훼손하는 행위이다. 그래서 이러한 지적과 비판을 당하는 사람들은 자존심도 상하고, 수치심도 커져서 매우 괴로울 것이다.

실수를 스스로 발견하여 반성하는 일도 자존심 상하고 괴로운 일인데 다른 사람에게 지적당하고 비난까지 받는다면 얼마나 마음이 아프

겠는가?

그것도 자신을 사랑하고 인정해 주길 원하는 가장 가까운 배우자로부터 인정과 칭찬이 아닌 지적과 비난을 받는다면 그것으로 인한 수치심과 마음의 상처는 감당하기 쉽지 않을 것이다.

특히 개별적인 행동에 대한 지적과 비난이 아니라 그 사람의 인격과 결부시켜 하는 지적과 비난은 더욱 고통스럽게 느껴진다. 더 나아가서 비난받는 사람의 인격은 물론이고 그 사람의 부모, 형제와 조상들까지를 하나로 싸잡아 비판받게 된다면 마음의 상처 정도가 아니라 복수를 부르는 원한의 수준까지도 발전할 수 있기 때문에 특히 조심해야 한다.

"비판은 위험한 불꽃을 튀게 만든다.
이 불꽃은 자부심이라는 화약을 폭발하게 만들고
그 폭발은 때로 죽음을 앞당기기도 한다."

-데일카네기,《인간관계론》중에서-

그러하니 아들아! 부부 관계를 해치게 하는 지적과 비난은 가능하면 하지 않도록 노력해라. 꼭 지적해서 고쳐야 할 상황이 발생하더라도 지적과 비난을 그 사람의 인격이나 가문과 결부시키지 말고 구체적인 대상과 행동에만 한정해서 부드러운 어투로 해야 문제가 발생하지 않을 것이다.

흔히들 우리가 상대방을 위해서 조언한다는 명목으로 하게 되는 충고 역시 상대방에게 마음의 상처를 주어 관계를 해치기 쉽다.

"내가 이 분야 전문가이기 때문에 하는 얘긴데…."
"내가 이건 여러 번 해 봐서 아는데."로 이어지는 충고는 자기보다 상대방이 높은 위치에 올라가서 권위적으로 말하는 형식의 충고이기 때문에 듣기 거북하게 느껴질 것이다.

또 "미안하지만 네 생각은 이래저래 해서 틀렸다. 내가 지금부터 정답을 가르쳐 줄 테니까 내가 시키는 대로 해 보라."로 시작하는 충고는 내 생각을 바닥으로 깎아 내리고 부정하는 형식의 충고이기 때문에 듣는 사람으로 하여금 매우 기분 나쁘게 느껴질 것이다.

그래서 충고는 상대방이 요청하지 않는 한 안 하는 게 좋고, 상대방이 요청하더라도 상대방의 자존심을 건드리지 않는 범위에서 상대방의 의견을 칭찬하고 격려하는 선에서 끝내는 것이 좋을 것이다.

그러니까 아들아! 부부 생활에서도 상대방이 요청하지 않는 충고는 금기 사항으로 관리하는 것이 좋고, 상대방의 요청에 의해 충고가 꼭 필요한 경우에도 상대방의 자존심을 건드리지 않도록 배려하며 충고해야 할 것이다.

충고는 상대방에게 또 하나의 선택 가능한 옵션을 제공해 주는 것이지, 자신의 주장을 강요하기 위한 것이 아니라는 점을 명심해야 한다.

충고를 해 줬는데 상대방이 그 의견대로 실행하지 않는다고 비난하거나, 자신의 의견을 강요하는 것은 또 다른 불화의 씨앗이 될 수 있기 때문에 항상 조심해야 할 것이다.

무시

"무시하지 마라! 무시하다가 큰 코 다친다."란 말은 상대방이 자신을 무시하는 것 때문에 화가 치민 사람이 상대방이 계속적으로 무시하면 가만두지 않겠다고 최후통첩을 보내는 경우에 많이 하게 되는 말이다. 그래서 무시하는 행위 다음에는 보통 언쟁이나 불화가 뒤따른다.

무시한다는 것은 다른 사람으로부터 인정받고 존경받기 원하는 사람들의 자존심에 상처를 주는 행위이다.

자신이 이 세상에 필요하고 가치 있는 존재라고 생각되어야 살아갈 힘을 얻는 사람들이 아무짝에도 쓸모없는 쓰레기 같은 사람이라고 무시하는 말을 듣게 되면 자존심에 큰 상처를 입을 수밖에 없다. 그래서 버럭 화를 내게 되고 심하면 원한을 품고 복수를 생각하게도 된다.

무시하는 말과 태도는 겸손하지 못한 마음에 뿌리를 두고 자라난다.

모든 사람들은 타인과 비교할 수 없는 자신만의 재능과 가치를 가지고 태어난다. 이 세상에 외모, 성격, 재능이 똑같은 사람은 존재하지 않는다. 사람들은 각자 저마다의 개성을 가진 유일한 존재라는 사실 하나만으로도 존중받아야 마땅한 귀중한 존재이다.

이 세상에 존재하는 모든 사람들은 신에 의해 목숨을 받아 태어났다. 그래서 신이 아닌 그 어떤 사람도 타인을 무시할 권한이 없다. 힘이 더 세다고, 더 많이 배웠다고, 집안이 더 좋다고 상대를 무시해도 되는 것은 아니다.

사람들은 자신이 이 세상에 존재할 가치 있는 사람이란 느낌을 받지 못하면 살아갈 힘을 잃게 된다. 사람들이 행복하게 살아가기 위해서는 밥뿐만 아니라 자존감도 충분히 공급되어야 한다.

부부 생활에서 친밀감이 높아지게 되면 서로에게 예의 없이 함부로 대하거나 장난삼아 무시하는 말을 할 수도 있다. 하지만 부부 사이에서도 상대방을 무시하는 것은 서로에게 마음의 상처를 남기게 되고 갈등의 씨앗이 되니 조심해야 한다.

부부들 중에는 서로 반말을 하는 사람들도 많은데 그렇게 되면 서로를 존중하는 마음이 사라지고 만만한 친구처럼 말이 함부로 나올 위험이 있다. 서로 존댓말을 쓰는 것을 습관화해서 상대방을 함부로 대하거나 무시하려는 태도를 사전에 봉쇄하는 것도 하나의 방법이 될 수 있을 것이다.

부부가 행복하게 살아가기 위해서는 상대방을 무시하는 말과 태도를 삼가야 하고 서로 존중하며 살아야 한다.

아버지가 아들에게 전하고 싶은 주례사

언쟁

부부 생활은 성격도, 성장 배경도 전혀 다른 두 사람이 시간과 공간을 공유하며 끝없이 상호작용하게 되는 일상의 연속이다. 부부의 상호작용은 주로 대화를 통하여 이루어지는데 대화 도중에 상대방이 예민하게 반응하는 특정 주제를 건드리게 되면 곧바로 언쟁으로 발전하여 서로를 비난하며 상처를 주고받게 될 수도 있다.

최근에 인터넷 검색을 하다가 우연히 발견한 〈커플 부부 싸움 이유 1위, 말싸움에 대한 말다툼(2020. 6. 12. 연애심리/결혼에 관한 고찰 by.라라윈)〉이란 제목의 인터넷 자료에 의하면 부부 상담사들이 상담할 때 가장 많이 나오는 말싸움 원인은 놀랍게도 말싸움 자체에 대한 싸움이라고 한다.

"왜 말을 그렇게 해?"

"처음부터 그렇게 말하면 되었잖아?"

"처음부터 짜증을 내니까, 나도 같이 짜증이 난 거지."

"뭣 때문에 그런지 이유를 말했으면 되잖아."

"내가 언제? 난 짜증 안 냈어. 처음에 네가 날카롭게 나오니까 그랬지. 난 좋게 말했다!"

"뭐? 처음에 네가 먼저 성질 부렸잖아."

이렇게 부부 싸움 중 가장 빈번한 싸움은 원래 싸움의 발단이 될 만한 심각한 주제가 있어서가 아니라 서로의 말투나 태도, 누가 양보했고 안 했고 하는 말다툼 전개 과정을 놓고 치열하게 격돌하게 된다는 것이다. 이 얼마나 어리석고 유치한 행동들인가!

또 부부 싸움의 주제는 돈 문제, 시댁 처가 문제 등 굵직한 것도 있지만,

"밥 안 먹는다고 했잖아. 왜 두 번 말하게 해?"

"나갔다 들어오면 옷 벗어서 옷걸이에 걸어 놓으라고 했는데 왜 바닥에 던져 놓았어?"

"의자에 옷 걸쳐 놓지 말라고 했는데 왜 그렇게 안 해?"

"편지 치우지 말라고 했는데 왜 치웠어?" 같은 매우 사소한 문제들이 더 빈번하게 언쟁을 유발하게 된다고 한다.

재혼전문 결혼정보회사 비에나래(대표 손동규)가 전국 재혼 희망 돌싱 남녀 516명을 대상으로 조사한 '전 배우자의 말다툼'에 대한 설문 결과에 의하면,

남성 응답자의 30.6%가 '월급'을 가장 대표적인 말다툼 주제로 꼽았고, '귀가 시간'(24%), '과음'(18.2%), '시가 혹은 처가'(14.3%) 순으로 말다툼 주제가 되었다고 대답했다.

여성 응답자는 29.7%가 '자녀 교육'을 가장 빈번했던 말다툼 주제로 꼽았고, 이어서 '시가 혹은 처가'(25.2%), '월급'(16.7%), '과음'(13.2%) 순으로 말다툼의 주제가 되었다고 대답했다.

그중 가장 빈도가 높았던 '월급'과 '자녀 교육'에 관한 대화가 말다툼의 방아쇠를 당기게 된 이유를 살펴보면,

아내가 남편에게 '쥐꼬리 같은 월급', '옆집 개똥이 아버지의 월급은 얼마'를 운운하며 자신의 월급을 과소평가하는 말을 하게 되면 남편

은 자존심에 큰 상처를 받고 가족을 위해 최선을 다해 열심히 살아온 그동안의 노력이 물거품이 되는 허탈감을 느끼게 되어 몹시 화가 나게 된다는 것이다. 그래서 대화는 이성보다 감정싸움으로 번지게 되고 말이 점점 거칠어져 급기야는 부부 싸움으로 발전해 나간다는 것이다.

아내들 역시 자녀 교육에 대해 남편의 불만 섞인 말을 듣게 되면 "자녀 교육은 부모 마음대로 되는 것도 아니고 본인만의 책임도 아닌데 남편이 이를 자신의 문제로 떠넘기는 것 같다."라는 생각이 들면서 목소리가 높아진다는 것이다.

위에서 살펴본 부부 사이의 언쟁 형태를 볼 때 부부 사이의 언쟁이 얼마나 유치하고 소모적이며 불필요한 것인지 알 수 있다.
또 우리들은 언쟁을 통하여 얻을 수 있는 것이 아무것도 없으며 언쟁은 서로에게 마음속 깊은 상처만 주고 행복한 분위기를 망치게 하는 매우 위험한 것이란 사실도 알 수 있을 것이다.

그러하니 아들아! 부부 사이를 해치는 언쟁에 걸려 넘어지지 않도록 조심해라.

상대방의 태도나 말투가 싸움을 걸어오는 것 같이 언짢게 느껴지더라도 꾹 참고 그것을 지적하지 마라. 상대방은 네가 거기서 걸려 넘어져 싸움이 시작되기를 학수고대하며 의도적으로 너에게 덫을 놓은 것이니까.

시간이 흐른 후에 차분히 생각해 보면 말도 안 되는 사소한 문제들에 대한 옳고 그름을 가리기 위해 과도한 에너지를 낭비하지 마라.

설령 너의 생각이 정답이라 하더라도 침묵하고 상대편의 손을 들어줘라. 상대가 틀리게 판단한다고 너의 생각이나 세상이 바뀌는 것은 아니다.

그냥 바보처럼 져 주어라. 네가 상대편의 잘못을 입증하여 너의 주장을 관철시킨다 하더라도 얻을 수 있는 이익은 아무것도 없다.

불필요한 논쟁은 논쟁 과정에서 바보가 된 상대편의 상처받은 자존심과 너에 대한 불편한 마음만 키우게 될 뿐이다.

그리고 자기도 모르는 사이에 서로의 감정을 자극하여 말싸움으로 번질 수 있는 '월급', '자녀 교육', '시가 혹은 처가', '귀가 시간', '과음' 등에 대한 대화는 가능하면 피하도록 노력해라.

만일 이러한 문제에 대한 대화가 이미 시작된 상태라면 상대방이 상처 입지 않도록 말을 잘 가려서 해라. 그리고 가능하면 재빨리 다른 주제로 화제를 전환해라.

면전에서 시댁/친정 헐뜯기

부부로 산다는 것은 결국 쉬운 일은 아닌 것 같다. 성장 배경이 전혀 다른 두 사람이 한 몸을 이루어 살아간다는 것도 간단한 문제는 아닌데 두 사람의 친척들로 관계의 범위가 확장되면 문제가 더욱 복잡해질 수밖에 없기 때문이다.

그중 특히 시댁 식구와 아내와의 접촉면이 넓어지게 되면 성씨가 다른 낯선 사람들과 단신으로 맞서야 하는 아내의 가슴앓이가 더 커질 것이다. 남편과 처가댁 식구들과의 어색한 관계 역시 무시할 수 없는 불편함을 유발하기도 한다. 그래서 흔히 말하는 명절 증후군이 발생하며 명절을 지내고 돌아오는 차 속에서 다투는 부부가 많은 것 같다.

부끄럽지만 우리 부부 역시 이러한 경우들을 수없이 많이 경험했었다. 직장 문제로 포항에 살던 우리는 명절이 되면 어김없이 포항에서 부산 큰형님 집으로 차례를 지내러 갔다.

지금 생각하면 포항에서 부산은 명절의 혼잡한 교통 상황을 감안하더라도 차로 2시간 정도면 충분히 도달할 수 있는 부담 없는 거리지만 그 당시 아내가 느꼈던 거리는 한없이 멀고 험했던 것 같다. 그래서 아내는 항상 미적미적하며 출발을 지연시켰고 그러한 모습을 보며 답답해진 나는 목청을 높이며 아내를 다그쳤다.

"이왕 갈 거면 좀 일찍 도착해서 음식 만드는 것도 도와야 분위기가 좋아지지…. 좀 그만 꾸물거리고 빨리 출발합시다. 이러다가 해 지겠다. 쯧쯧…."

늦은 출발 때문인지 부산으로 가는 고속도로는 더 정체가 심하게 느껴졌고, 차 안의 분위기는 이런저런 이유로 그리 밝지 못했다.

겨우 큰댁에 도착하면 혼자서 차례 상 준비하느라 고생하고 있던 큰형수님이 현관으로 나와 반갑게 우리를 맞았다. 하지만 옷도 갈아입지 못하고 부엌으로 들어간 아내를 향한 큰형수님의 눈길은 그리

곱지만은 않았던 것 같았다.

하지만 나는 무심하게 아내를 부엌으로 들여보내고 연로하신 어머님과 방에서 시간을 보내며 부엌에서 벌어질 상황들을 까맣게 잊어버리곤 했다. 그렇게 자정이 가까워 오면 음식 준비와 큰동서 시집살이에 파김치가 된 아내와 작은방으로 건너가서 말없이 등 돌리고 새우잠을 청했다.

다음 날 아침 분주하게 차례를 지내고 손님들을 치르며 지쳐 가는 아내의 눈에 졸음이 가득 차오를 즈음 우리는 짐을 챙겨 처갓집으로 향했다. 처갓집도 우리 큰집과 같은 부산에 있긴 했지만 위치가 끝과 끝이라 시간이 조금 걸렸다. 그런데 아내는 처갓집으로 가는 차만 타면 졸린 눈이 말끔히 개이고 목소리도 밝아졌다.

처갓집에 들어서자마자 기다리고 있던 가족들과 반가운 인사를 나누며 방으로 들어간다. 그리고 이내 가족들과 환담하며 식사를 하게 된다. 먹고 치우고 이야기하다 피곤이 몰려오면 아내는 스르르 몸을 눕히며 눈 좀 붙이고 가자고 내게 청한다. 하지만 내게는 환경이 불편하고 출근 준비도 해야 해서 포항으로 돌아가자고 다그치게 된다. 그렇게 실랑이를 조금 벌이다가 우리는 어둠이 깔릴 즈음 포항으로 향하게 된다.

돌아오는 차 속에서는 항상 시댁 혹은 친정에 대한 불만이 표출되어 다툼이 생긴다. 명절 동안 애써 눌러놓았던 감정들이 스멀스멀 올라와서 서로에게 상처가 되는 날카로운 말들을 던지게 되는 것이다.

"당신 어머니는 너무 이기적이야. 자신만 알고⋯."
"큰동서는 성질이 왜 그 모양이야⋯?"

이렇게 면전에 대고 나를 낳고 길러 준 부모님을 욕하거나 원가족들에 대한 불만을 표출하게 되면 듣고 있던 나도 갑자기 기분이 나빠지게 된다. 내가 어떻게 할 수 없는 일에 대해 나에게 불만을 토로하면 나는 어쩌란 말인가! 답답하고 수치스럽고 모욕적이라 내 말도 거칠어질 수밖에 없다. 그러다가 결국 언쟁이 발생하고 포항으로 돌아오는 차 속 분위기는 점점 더 험악해진다. 보통 이렇게 명절 연휴가 끝난다.

오랜만에 가족들을 만나 서로 정담을 주고받으며 즐거워야 할 명절 연휴가 지옥처럼 느껴진 이유를 떠올려 보면 면전에서 시댁, 친정을 헐뜯었던 의미 없는 말들 때문임을 알 수 있다. 물론 나름 불편한 환경에서 힘들게 일하고 대화하면서 스트레스가 없을 수는 없다. 또 때로

아버지가 아들에게 전하고 싶은 주례사

는 그들로 인하여 마음의 상처를 받을 수도 있다.

하지만 상대의 가족에게서 받은 스트레스를 연좌제처럼 죄 없는 상대에게 풀려고 하는 것은 아무런 효과도 없고 오히려 관계만 해친다. 차라리 상대가 없는 곳에서 친구들과 수다를 떨며 그들을 험담하는 것이 더 속 시원하게 스트레스 푸는 방법이다. 종로에서 뺨 맞고 한강에서 눈 흘긴다고 스트레스가 풀리는 것은 아닐 테니까.

그러니까 아들아! 배우자의 원가족에 대한 불만을 그 사람 면전에서 표출하지 않도록 조심해라. 그러한 행동은 아무런 해결책도 주지 못하고 상대편 마음에 상처만 깊이 남긴다. 그리고 만약 배우자가 너에게 부모 형제에 대한 불만을 표출하더라도 너무 속상해 하지 마라. 그 사람은 자신이 받은 스트레스를 풀 방법이 없어 너에게 하소연하고 있는 것이지, 네가 미워서 그러는 것은 아니니까.

하소연하는 아내에게 자비심과 측은지심을 가지고 조용히 다독여 줘라. 그러면 아내는 곧 마음의 평화를 찾고 너를 더욱 사랑하게 될 것이다. 지나고 보니까 아내가 힘들어서 나에게 하소연할 때 따뜻하게 위로하며 다독여 주지 못하고 버럭 화부터 냈던 내 자신이 두고두고 후회스럽더라.

가족 해체

결혼의 목적은 한마디로 '가족을 만드는 것'이다.

좋을 때는 물론이고 나쁠 때도 변함없이 자신을 사랑해 주고 진심
으로 응원해 줄 수 있는 든든한 비빌 언덕,

험난한 세상을 살며 지치고 힘들 때 잠시 쉬어 가며 힐링과 재충전
을 할 수 있는 베이스캠프,

애정으로 뭉쳐진 운명 공동체,

잠시라도 돌보기를 게을리 하면 이내 시들어 버릴 것 같아 내 삶을

아버지가 아들에게 전하고 싶은 주례사

멈출 수 없게 만드는 것. 내가 살아야 할 이유를 깨우쳐 주는 것. 이렇게 소중한 것이 바로 가족이다. 가족은 조상님과 부모님으로부터 물려받은 가장 귀중한 유산이다.

물론 주위를 둘러보면 서로 잘되기를 빌어 주기보다는 투기하고 비방하며 힘든 짐만 지우는 원수 같은 가족들도 있다. 하지만 그러한 가족들도 위기의 순간에는 자신의 가족을 위해 희생하고 힘을 모으게 되는, 드러나지 않은 저력들을 감추고 있다는 사실을 잊어서는 안 된다.

형제자매들이 결혼해서 집안에 새로운 사람들이 들어오게 되면 그런대로 굴러가고 있던 가족 내에 조금씩 균열이 생기기 시작한다. 성장 환경이 전혀 다른 다양한 사람들이 가족으로 합류하면서 가족 내 기존 질서에 대한 의문이 제기되고, 가족 내 조화가 깨어지고, 새로운 질서와 기존 질서들이 충돌하며 갈등이 발생되기도 한다. 때로는 경제적인 문제로, 때로는 정서적인 문제로 서로 반목하며 갈등을 겪다가 급기야는 가족해체의 길로 들어서는 가족들도 우리 주변에서 적지 않게 보인다.

명절 연휴가 되면 아무도 반겨 주지 않는 고향을 찾기보다는 차라리 해외로 나가 그들만의 여행을 즐기려는 사람들이 공항을 북새통으로 만들고 있는 것도 부인할 수 없는 현실이다.

그렇지만 조용히 돌아앉아 곰곰이 생각해 보라.

사람들로 붐비는 도시를 지나 혼자된 텅 빈 집에서 느낄 그 외로움을,

침대 옆을 지킬 사람도 안부를 물어 올 사람도 없이 홀로 누워 있는 병상에서의 그 쓸쓸함을,

직위도 재산도 다 내려놓은 노년에 서로에게 마지막까지 동반자가 되어 줄 가족이 없는 세상을….

그래서 가족은 내 조그만 수고를, 내 조그만 희생을, 내 조그만 불편을 감수하고라도 반드시 지켜 나가야 하는 소중한 관계이며 조상들과 부모님으로부터 상속받은 가장 귀한 유산이다. 반면에 가족 관계는 한번 금이 가면 쉽게 복원하기 힘든 깨지기 쉬운 관계이기도 하다.

그러하니 아들아! 결혼으로 생긴 새로운 가족들과 관계하면서 혹시 모를 어려움이나 불편함이 생길지라도 결코 가족들을 포기해서는 안 된다.

아버지가 아들에게 전하고 싶은 주례사

너는 외동이라 형제자매도 없는데 가까이서 너를 지지해 줄 친척들마저 잃으면 너의 인생이 얼마나 외롭고 쓸쓸하겠느냐?

그러하니 귀중한 가족들과 자주 소통하며 좋은 관계를 유지할 수 있도록 노력해야 할 것이다. 물론 네 아내 역시 그렇게 할 수 있도록 네가 잘 리드해 주기 바란다.

CHAPTER 4

슬기로운 부부 생활

서로의 다름을 인정

　부부는 성격도 성장 배경도 각기 다른 두 사람의 만남이다. 그래서 결혼 후 한집에서 시간과 공간을 공유하며 살아가다 보면 서로의 다름이 못마땅하고 불편하게 느껴지는 경우도 있다.

　특히 우리 부부처럼 모든 면에서 극과 극으로 다른 두 사람이 같은 집에서 살게 되면 더욱더 그러한 일들이 자주 생긴다.

　나는 어업용 백열전구 공장을 운영하시던 중소기업가 집안의 8남매 중 막내로 태어나 어릴 적부터 부모님의 극진한 보호와 누나들의 귀염을 독차지하면서 자랐다. 그래서 항상 받을 줄만 알았지, 베풀 줄은 잘 모른다.

반면 아내는 눈코 뜰 시간도 없이 바쁜 식당 집 5남매의 장녀로 태어나 어릴 적부터 동생들을 거두랴, 집안일을 도우랴 바쁘게 살아온 사람이다. 그래서 차분하게 집에 머물면서 집안 청소나 정리 정돈에 집중하기보다는 당장 처리해야 하는 식당 일을 챙기는 바쁜 삶을 살았다.

아내는 학교를 졸업하고 포항에서 직장 생활을 할 때도 주말마다 부모님들이 계시는 부산으로 내려가서 식당 일을 도왔던 효녀였다. 아내는 그렇게 항상 자신의 일보다 남을 돕고 돌보는 일이 우선인 삶을 살아왔다.

이러한 성장 배경 차이 때문이었는지는 모르지만 우리가 결혼하고 한집에 살기 시작하면서부터 서로 맞지 않는 것들이 하나둘 발견되기 시작했다. 우리는 그것으로 인해 적지 않은 진통을 겪었다.

나는 깔끔하게 살림을 잘하시던 어머니와 누나 4명을 위로 두고 항상 잘 정리된 깨끗한 환경에서 살아왔기 때문에 집 안이 어지럽혀진 것을 참지 못했다. 그런데 집안일보다는 바깥일이 먼저였던 식당 집 장녀로 살아온 아내는 집 안이 좀 어지럽혀져 있어야 마음이 편한 사람이었다. 그래서 항상 집 안을 이사 전날처럼 어수선하게 해 놓고 살았다.

나는 신혼 시절부터 이런 환경을 견디기 힘들어 아내를 질책하며 변화를 유도해 보려고 갖은 애를 다 썼다. 하지만 나의 그러한 노력은 아내에게 마음의 상처만 남기고 모두 허사로 돌아갔다. 바꾸려는 자와 바꾸지 않으려는 자의 지루한 줄다리기는 20년 이상 계속되며 많은 갈등의 씨앗이 되었다.

한참의 세월이 흐른 근래에 와서야 비로소 나는 아내를 변화시키려는 노력을 포기하고 내가 적응하는 쪽으로 방향을 바꾸었다. 그러면서 우리들 사이에 겨우 평화가 찾아왔다.

두 번째로 우리들을 괴롭혔던 것은 잠드는 시간과 일어나는 시간 차이였다. 아내는 예술가 기질을 가지고 있는 심야형 인간이라 아침 늦게 일어나고 밤늦게 집중력을 발휘하는 사람이었다. 반면 나는 규칙적인 직장인들에게 적합한 새벽형 인간이었다. 이렇게 잠들고 일어나는 시간이 다른 두 사람이 함께 잠들고 같이 아침을 맞아야 하는 부부로 살아가는 일은 결코 쉽지 않았다. 나는 다음 날 출근을 위해 일찍 잠을 청하고 싶은데 아내는 밤늦게까지 잘 생각이 없었다. 오히려 밤이 깊을수록 집중력이 살아난다며 한밤중에 달그락거리는 소리를 내며 집안일을 시작하기도 했다.

아버지가 아들에게 전하고 싶은 주례사

그렇게 아침잠을 설친 아내와 밤잠을 설친 나는 한참 동안 수면 부족에 시달리며 살았다. 서로 맞추려고 애를 썼지만 결국은 맞추는 것을 포기하고 잠은 자신이 편한 시간에 편한 스타일로 편한 장소에서 따로 자는 것으로 해결할 수밖에 없었다.

세 번째로 우리들의 동거를 힘들게 했던 것은 실내 온도였다. 아내는 몸에 열이 많아 더위에 약하고 추위에 강한 체질인 반면 나는 더위에 강하고 추위에 약한 체질이다. 그래서 차 속이나 집 거실에서 같이 지내게 되면 실내 온도 문제로 항상 갈등이 생기곤 했다. 나는 추운데 아내는 덥다고 자꾸 창문을 열어젖혀 같은 공간에 오랜 시간 동안 같이 있기가 어렵다.

네 번째로 우리들의 동거를 방해했던 다름은 선호하는 텔레비전 프로그램이다. 아내는 요리 프로그램과 종교 방송에 관심이 많다. 하지만 나는 뉴스나 다큐멘터리 프로그램을 좋아한다. 그래서 우리는 거실 텔레비전 앞에 앉아 리모컨 쟁탈전을 자주 벌이곤 한다. 그러다 결국은 내가 서재로 물러 나와 혼자 텔레비전을 보는 것으로 갈등 상황은 종결된다.

위에서 언급한 다름 이외에도 갈등이 생길 기회는 헤아릴 수 없을 정도로 많았다. 심지어는 양치질할 때 빈 칫솔에 먼저 물을 묻히느냐 아니면 치약을 짠 칫솔에 물을 묻히느냐 하는 극히 사소한 일이나, 물건을 찾을 때 가방을 한꺼번에 바닥에 뒤집어엎은 후 찾을 것이냐 아니면 가방 속 물건들을 하나씩 끄집어내면서 찾을 것이냐 하는 웃을 수밖에 없는 사소한 문제들 때문에 30년 넘게 서로를 못마땅하게 생각하며 살고 있었다.

　그러다가 나는 환갑을 넘긴 나이에 겨우 깨달음을 얻었다. 사람들은 각자 저마다의 개성을 가지고 자기 방식대로 살게 되어 있고, 인생은 정답이 하나가 아니기 때문에 꼭 내가 살아가는 방식대로 상대방을 바꿀 필요는 없다는 것이었다. 그래서 요즈음은 나와 다른 방법으로 살아가는 아내의 삶의 방식을 내가 옳다고 믿는 방식대로 바꾸려고 애쓰지 않는 방법으로 마음의 평화를 찾게 되었다. 다만 공동의 안녕을 위협하는 위험한 행동이나 서로에게 피해를 줄 수 있는 행동에 대해서는 그 결과가 상대에게 피해를 주지 않도록 조심함을 원칙으로 한다.

　이렇게 서로의 다름으로 인해 유발되는 못마땅한 감정은 각자의 다름을 있는 그대로 인정하고 존중해 주는 것으로부터 그 해결책을 찾아야 할 것이다.

그리고 비록 일심동체를 지향하는 부부라 할지라도 항상 하나로만 움직여야 한다면 서로를 답답하게 만드는 구속이 될 수도 있다. 때로는 따로, 때로는 다 같이 생활하면서 서로에게 힘이 되고, 비빌 언덕이 되고, 베이스캠프가 될 수 있도록 현명한 조화를 찾는 노력이 필요할 것이다.

사랑과 배려

결혼은 사랑의 종말인가? 아니면 진정한 사랑을 배우는 출발점인가? 사랑은 받는 것인가? 아니면 주는 것인가? 내가 사랑하는 사람은 결점이 하나도 없는 완벽한 사람인가? 아니면 결점투성이임에도 불구하고 자꾸 마음이 가는 아끼며 돕고 싶은 사람인가?

지금 우리들은 "사랑합니다, 고객님!"이란 영혼 없는 말들이 허공을 떠도는 사랑의 홍수 속에서 살고 있다. 우리들은 너무 쉽게 사랑한다는 말을 듣거나 하고 있다. 사랑한다는 말을 입에 올리기도 부끄럽게 생각했던 예전 사람들과는 다르게 요즘 젊은이들은 사랑이란 말을 입에 달고 산다. 항상 공허함과 외로움을 느껴 더 많은 사랑을 갈구하고 있는 것도 사실이다.

우리들은 흔히 말하는 '사랑 없는 사랑의 홍수' 속에서 살고 있기 때문인지도 모른다. 우리들이 사랑에 허기져 있는 이유는 진정성 있는 사랑의 말을 듣지 못하고 있기 때문은 아닐까?

사랑이란 단어의 의미를 잘 알지 못하거나 착각하여 엉뚱한 상황에도 사랑이란 말을 함부로 사용한 결과가 아닐까?

나는 여기서 사랑이란 말에 대한 의미를 되새겨 보고 넘어가고자 한다. 네이버 사전에서 사랑이란 말을 검색해 보면 다음과 같은 결과를 얻을 수 있다.

사랑

[명사]

1. 어떤 사람이나 존재를 몹시 아끼고 귀중히 여기는 마음,
   또는 그런 일.
2. 어떤 사물이나 대상을 아끼고 소중히 여기거나 즐기는 마음,
   또는 그런 일.
3. 남을 이해하고 돕는 마음, 또는 그런 일.

나는 네이버 사전에 적혀 있는 사랑의 의미를 확인하고 평소에 내가 생각하고 표현하였던 사랑이란 말이 얼마나 그 본질을 벗어난 상태로 남용되고 있었는지 알게 되었다.

부끄럽게도 나는 그동안 청춘 남녀들이 서로 같이 있기를 갈망하게 되는 강력한 끌림이나 호기심, 항상 그 사람의 모습이 눈앞을 맴돌며 보고 싶어 하게 되는 그러한 격정적인 사랑만이 사랑인 줄 알았기 때문이다.

그런데 사전에서 이야기하는 사랑은 '몹시 아끼고 귀중히 여기는 마음'이라고 사랑의 마음 상태를 정확히 묘사하고 있다.

여기에서 핵심은 '몹시 아끼고'란 구절과 '귀중히 여기는'이란 구절에 있는데 나는 그러한 구절이 수동태가 아니라 능동태로 표현되고 있음을 보고, 사랑의 주체는 상대방이 아니라 나 자신이 되어야 함을 깨달았다.

그리고 사랑은 내가 하는 것이지 상대방으로부터 받는 것이 아니란 것도 알게 되었다. 사랑은 내가 주체가 되어 상대를 아끼고 귀중히 여기는 것이지, 상대가 나를 아끼거나 귀중히 느끼는 것을 받는 것이 아니란 것도 알게 되었다.

또 사랑은 어떤 결점 없이 완벽한 사람에게 매료되어 황홀경에 빠져드는 그러한 것이 아니라 한 사람이나 존재 자체를 있는 상태 그대로 아끼고 귀중하게 생각하는 것이란 사실도 알게 되었다.

찬찬히 따져 보면 못마땅한 결점들이 한두 가지가 아니겠지만 내가 몹시 아껴 주고 싶은, 내가 가장 귀중하게 생각하는 사람이 바로 사랑하는 사람이란 사실도 알게 되었다.

그리고 결혼은 남녀 간의 끌림에서 비롯된 격정적인 사랑의 종말이고, 진정한 사랑을 배우는 출발점이란 사실도 알게 되었다.

물론 결혼은 남녀 간의 끌림의 결과에서 비롯되었음은 누구도 부인할 수 없다. 그러나 그러한 격정적인 사랑은 2년도 채 가지 못해 식기 때문에 사랑의 감정이 퇴색될 수밖에 없다는 사실이 많은 연구 결과로 증명되고 있다.

그래서 결혼은 격정적인 사랑의 종말이 될 수밖에 없다. 그러나 격정적인 사랑이 끝났다고 부부 사이가 바로 사랑 없는 황무지로 변하게 되는 것은 아니다. 격정적인 사랑이 지나간 자리에는 다시 은근한 숯불 같은 진정한 사랑이 싹을 틔우기 때문이다.

우리는 결혼을 통해 새로운 가족을 이루면서 공동 운명체를 구성하게 되고 그 속에서 서로의 시간과 공간을 공유하며 살아가게 된다. 그러한 과정에서 우리는 심리적으로, 정서적으로 서로에게 높은 안정감과 깊은 친밀감을 형성하게 된다. 그 결과 우리는 상대를 몹시 필요로 하게 되고 아끼게 되며 귀하게 생각하게 되는데, 이것이 바로 국어사전에서 정의하고 있는 진정한 사랑이 아닌가 생각한다.

진정한 사랑은 보통 결혼 전 연애 시절에는 잘 관측되지 않고 두 사람이 결혼 생활을 통해 서로 부딪쳐 가며 하나가 되어 가는 과정에서 더욱 돈독해지기 시작한다. 따라서 결혼은 진정한 사랑을 배우는 출발점이라고 말할 수 있을 것이다.

사랑은 두 사람을 하나로 묶어 주는 든든한 끈이고 아내를 행복하게 만드는 핵심 원동력이다. 아내는 결코 밥만으로는 행복할 수 없다. 사랑도 충만해야 행복할 수 있다. 그런데 대부분의 남자들은 이런 진리를 망각하고 돈만 많이 벌어다 주면 아내가 행복해질 거라 생각하며 생업에만 매달린다.

그 결과 홀로 집에 방치된 아내는 사랑에 허기져 시들어 간다.

그러한 상황에서 아내가 선택할 수 있는 탈출구는 쇼핑밖에 없는데 쇼핑으로 느낄 수 있는 행복감은 매우 제한적이고 지속 기간이 짧아

텅 빈 가슴을 채워 주지 못한다. 아내는 돈만이 아니라 사랑도 필요로 한다.

그러하니 어리석은 남편들이여, 모든 에너지를 헛되이 생업에만 쏟아붓지 말고 아내를 사랑하는 데 필요한 에너지를 충분히 비축토록 하라. 그리고 비축된 에너지는 고스란히 집으로 가지고 가서 아내를 사랑하는 데 쓰라. 아내를 내 몸처럼 귀하게 여기고 귀한 아내의 마음에 흠집이 나지 않도록 최선을 다하여 아껴 줘라. 아내가 사랑받고 있다고 느낄 수 있어야 행복할 수 있고, 온 집안에 아내의 행복한 미소가 넘쳐 나야 지상낙원 같은 집에서 행복하게 살 수 있다.

상대방을 아끼고 귀하게 생각하는 진정한 사랑을 실천하기 위해서는 상대방을 배려하는 마음이 전제되어야 한다. 좋은 일은 상대방에게 먼저 배려하고 궂은일은 내가 먼저 나서는 그러한 마음이 진정한 사랑이 아닐까 생각한다.

사랑과 배려는 결코 하루아침에 완성될 수 있는 것이 아니다. 사랑과 배려는 오랜 시간 동안 정성을 다해 천천히 우려내야 비로소 맛깔스러움을 드러내게 되는 그러한 인내의 결과이다. 그래서 우리는 사랑의 완성을 향해 쉼 없이 배우고 실천하는 과정을 반복해야 한다.

사랑은 오래 참고
사랑은 온유하며

시기하지 아니하며
사랑은 자랑하지 아니하며
교만하지 아니하며
무례히 행하지 아니하며
자기의 유익을 구하지 아니하며
성내지 아니하며
악한 것을 생각하지 아니하며
불의를 기뻐하지 아니하며

진리와 함께 기뻐하고
모든 것을 참으며
모든 것을 믿으며
모든 것을 바라며
모든 것을 견디느니라.

[고린도전서 13장 4절~7절]

아버지가 아들에게 전하고 싶은 주례사

칭찬과 격려

"칭찬은 인간의 영혼을 따뜻하게 하는 햇볕과 같아서

칭찬 없이는 자랄 수도 꽃을 피울 수도 없다.

그런데도 우리들 대부분은 다른 사람에게

비난이란 찬바람을 퍼붓고

함께 살아가는 사람들에게

칭찬이라는 따뜻한 햇볕을 주는 데 인색하다."

-제스 레어-

부부는 영원한 인생의 동반자이다. 그래서 서로 가장 긴밀한 위치에서 의사소통하며 상호 영향을 주고받게 된다. 상대방에게 선한 영향을 주면 더 좋은 방향으로 변화가 일어나고, 악한 영향을 주면 더 나쁜 방향으로 변화가 일어난다. 그래서 부부는 서로에게 잘못된 방향으로 영향을 주지 않도록 조심해야 한다.

결혼해서 같은 집에서 살게 된 아내들은 연애 시절에는 보이지 않았던 남편의 못마땅한 점들을 하나둘 발견하기 시작하고 남편의 다양한 실수를 목격하게 된다. 그렇게 되면 아내는 남편이 청하지도 않은 충고와 비판으로 그의 행동을 변화시키려고 노력한다.

하지만 그러한 노력들은 당초 의도했던 성과를 거두지 못하고 부부 관계만 악화시키며 아내들을 당황하게 만든다. 그 이유는 아내가 고치려는 남편이란 존재의 체질을 정확히 파악하지 못하고 아내가 처방하고 싶은 방법대로 일방적인 조치를 취했기 때문이다.

"남자는 근본적으로 신뢰, 인정, 감사, 찬미, 찬성, 격려를 필요로 하고, 여자는 관심, 이해, 존중, 헌신, 공감, 확신을 얻고 싶어 한다."《화성에서 온 남자 금성에서 온 여자》중) 그래서 남자들을 변화시키거나 움직이기 위해서는 남자들이 필요로 하는 미끼를 던져 줘야 효과가 있다. 남자들이 회피하고 싶어 하는 충고와 비판으로는 의도했던 변화를 이끌어 내기는 어렵다. 남자에게 충고와 비판은 오히려 반발심만 키우기 때문이다.

《화성에서 온 남자 금성에서 온 여자》라는 세계적인 베스트셀러 도서 내용에 의하면 "남성들은 그들의 목적을 이루는 능력을 통해 자기 존재를 확인한다. 그들은 혼자 힘으로 무언가를 이룩했을 때만 자기 자신에 대해 긍지를 갖게 된다."고 한다.

"남자에게 그가 청하지도 않은 조언을 해 주는 것은 곧 그가 일을 앞에 놓고 어찌할 바를 모른다거나, 아니면 혼자서는 해낼 수 없으리라고 여긴다는 것이 된다." 그래서 "아내가 남편에게 이러한 충고나 조언을 하게 되면 아내가 자기 능력을 믿지 않는다고 느껴 자존심 상해하고 치욕스럽게 느낀다. 남편들이 원하는 것은 충고나 비판이 아니라 따뜻한 신뢰의 눈빛임을 잊어서는 안 된다."라고 언급하고 있다.

남자들은 의외로 자존심만 잘 살려 주고 적절한 칭찬과 격려 그리고 신뢰, 인정, 감사, 찬미의 말만 잘해 주면 언제든 원하는 방향으로 움직일 수 있는 단순한 존재이다.

그러하니 불필요하게 지적과 충고로 남편을 움직이려는 시도를 포기하고 적절한 칭찬과 격려의 미끼로 남자들을 원하는 방향으로 움직

101

여 보라.

"황금과 사랑보다 인간에게 더 필요한 것,
직원의 재능을 충분히 발휘하게 만드는 방법은
칭찬과 격려다.

한 사람의 열정과 꿈을 짓밟는 가장 확실한 방법은
비난과 추궁이다.

성공한 관리자는 칭찬의 기술을 배워야 한다."

-록 펠러-

자기 역할 책임 완수

　결혼으로 만들어진 가정 역시 하나의 조직이다. 그래서 가정을 구성하고 있는 부부는 각자 역할을 나누어 수행하며 공동으로 추구하고 있는 목표를 효과적으로 이룰 수 있도록 최선을 다해야 한다.

　"백지장도 맞들면 낫다."란 속담에서 알 수 있듯이 아무리 쉬운 일이라도 여럿이 힘을 합하면 혼자 하는 것보다 훨씬 쉽고 많은 일을 할 수 있을 것이다. 그래서 독신으로 살며 모든 집안일과 생업을 혼자서 감당하는 것보다는 부부가 각자 일을 나누어 하게 되면 생활하는 데 드는 노력은 줄어드는 반면 삶의 질은 더 높아질 것이 분명하다.

　하지만 그러한 긍정적인 협업 효과는 아무런 노력 없이 두 사람이 같이 살기만 하면 저절로 생겨나는 것은 아니다. 두 사람이 한집에서 같이 살게 되었다 하더라도 각자의 움직이는 방향과 템포가 일치하지 않는다면 오히려 일을 더 어렵게 만들 수도 있다.

이러한 상황은 가끔씩 우리들이 출전하게 되는 2인 3각 경기를 통해서도 느낄 수 있다. 서로의 속도와 발을 움직이는 템포가 일치하지 않는다면 넘어지거나 빨리 뛰기 힘들어진다.

이와 마찬가지로 가정에서도 각자가 자신이 맡은 일들을 적절히 완수하지 못하면 상대방의 활동에 걸림돌이 될 수도 있고, 상대방에게 과중한 부담을 주어 쉽게 지치게 만들 수도 있다. 물론 신혼의 단꿈에 빠져 살게 되는 결혼 후 몇 달 혹은 몇 년은 그냥 그렇게 흘러갈 수도 있다. 하지만 그러한 상태가 장기적으로 지속되어도 행복한 분위기가 계속 유지될 거라고 생각하는 것은 오산이다.

결혼은 서로에게 의존하며 서로를 힘들게 하기 위해 한 것이 아니다. 상대의 부족한 부분을 보완해 주고 서로에게 힘이 되어 주기 위해한 것이다. 따라서 가능하면 자신이 맡은 일을 빨리 끝내고 남은 여력으로 상대를 먼저 도우러 나서야 한다.

이 세상 어느 조직에서도 자신의 역할을 완벽하게 해내지 못하여 다른 조직원에게 민폐를 끼치는 불량 구성원을 환영해 줄 곳은 없다.

가정도 하나의 조직이기 때문에 자신이 맡은 일은 어떠한 일이 있어도 차질 없이 해내는 모습을 보여야 조직이 건강하게 유지될 수 있을 것이다.

나는 연약한 여자니까…. 나는 바깥일에 바쁜 남자니까…. 이러한 변명은 통하지 않는다. 약속된 일은 약속된 시간과 조건으로 완벽하게 처리할 수 있어야 떳떳하게 조직 구성원으로서의 자긍심과 성취감을 갖게 된다. 그리고 각 구성원들은 자신을 대신해서 그 일을 완벽하게 처리해 준다는 믿음이 있어야 각자의 역할에 충실하며 공동 목표를 향해 달려갈 수 있다.

상호 지지

    부부는 서로 생업과 집안일에 있어서의 역할이 나누어지지만 정서적으로도 서로 의지할 수 있도록 비빌 언덕이 되어 주어야 하는 사이이다. 하지만 우리 주변을 둘러보면 서로에게 힘을 보태기보다 오히려 힘을 빼앗는 부부들도 있다.

    가족을 위해 생활 전선에서 갖은 고생을 하며 벌어 온 남편의 월급을 받고 감사하기보다는 쥐꼬리만 한 월급이라고 면전에서 타박하며 친구 남편과 빗대어 자존심을 깎아내리는 아내도 있고,

    하루 종일 집안일과 육아에 지치고 홀로 남겨진 외로움에 허덕였던 아내가 정성 들여 준비해 준 밥상머리에 앉아 반찬 투정이나 하며 아

내의 마음속을 박박 긁어 놓는 남편들도 있다.

우리는 이런 상황을 마주하게 되면 이러려고 결혼해서 가족을 위해 열심히 살아왔던가! 하는 자괴감에 빠지고 모든 일에 의욕을 상실하게 된다. 생업이나 집안일 모두가 갑자기 빛을 잃어 얼마 지나지 않아 먼지투성이로 변하고 집안 분위기마저 급속히 어두워져 지옥을 사는 기분이 들게 된다. 이렇게 서로가 서로에게 무심코 내뱉은 말 몇 마디 때문에 지옥 같은 세상을 불러오게 될 수도 있다.

이와는 반대로 부부간의 진솔한 의사소통을 통해 서로의 고민거리를 들어 주고 상호 공감해 주며 서로를 진정으로 사랑하고 응원해 주고 있다는 느낌을 주고받는 부부도 있다. 이런 부부들은 비록 그들이 경제적으로나 가정적으로 몹시 어려운 상황에 처한다 하더라도 심리적 안정감을 잃어버리지 않고 다시 일어나 도전해 보고 싶은 힘을 얻게 된다.

그래서 결코 웃음을 잃지 않으며 서로 합심해서 위기를 잘 극복해 나간다. 그들은 비록 험한 세상을 살고 있더라도 서로에게서 힘을 얻으면서 지상에서 천국을 살아간다.

부부가 서로를 정서적으로 지지해 주고 있느냐? 아니면 그렇게 하지 못하고 있느냐에 따라 그 가정은 지옥도 될 수 있고 천당도 될 수 있다. 부부 상호 간 정서적 지지는 부부 생활의 행복과 불행을 결정짓는 매우 중요한 요소이기 때문이다.

그렇다면 부부 상호 간 정서적 지지는 어떻게 만들어지는 것일까?

부부가 서로에게 충분한 정서적 지지를 해 주기 위해서 우리들이 가장 먼저 해야 할 일은 서로에 대한 비난을 멈추는 것이다.

비난은 사랑을 갈구하고 있는 사람에게 불만과 원망을 퍼붓는 행동이다. 그래서 이를 당하는 사람들로 하여금 매우 심한 배신감을 느끼게 하거나 의욕 상실을 겪게 만든다. 우리들은 서로를 지지하기 위한 열 가지 노력의 효과가 단 한 번의 비난에 압도되어 그 빛을 잃어버리는 경우를 자주 목격할 수 있다.

두 번째로 해야 할 일은 상대방이 자신의 진심을 느낄 수 있도록 하는 진정성 있는 관심과 신뢰감을 형성하는 것이다. 자신은 어떠한 경우에도 상대를 믿으며 진심으로 응원할 것이고 내가 어떤 말을 해도 비난받지 않고 상대가 나를 공감해 줄 것이라는 편안한 신뢰감이 형성되어야 서로 말문을 열 수 있다.

세 번째는 경청이다. 어렵사리 자신의 고민이나 불안에 대한 말을 털어놓은 사람의 말을 애정을 가지고 경청하지 아니하고 그냥 건성으로 듣는 척한다거나 집중하여 듣지 않는다면 대화를 계속하고 싶지 않을 것이다. 그래서 경청은 화자의 마음을 열고 대화를 계속하게 하는 매우 중요한 도구가 된다.

네 번째는 공감이다. 우리들이 다른 사람에게 고민을 털어놓는 이유는 상대방이 자신의 감정을 잘 이해하고 공감해 주기를 원하기 때문이다. 상대방이 자신의 문제를 해결해 주지 못 할지라도 자신의 처지를 잘 이해하고 공감해 주는 것만으로도 큰 힘이 되고 위안이 된다. 따라서 상대가 하는 이야기를 듣는 과정에서 고개를 끄떡이거나 맞장구를 쳐 주거나 그 감정을 자신의 경험으로 바꾸어 말하는 등의 다양한 사인을 전달해 줄 필요가 있다.

다섯 번째는 무조건적인 존중이다. 무조건적 존중은 상대방이 어떠한 상황에 처해 있는지, 어떠한 행동을 하는지와 관계없이 그 사람 자체의 존엄성과 가치를 존중하는 태도를 보여 주는 것을 말한다. 그렇게 하면 상대방은 자신도 한 명의 존엄한 인간으로서 존중과 사랑을 받고 있다는 감정을 느끼게 되며 그런 감정은 스스로를 사랑하고 가치 있게 생각하는 계기를 제공하게 된다. 그렇게 되면 자신을 포기하려 했던 어리석은 마음을 버리고 자신을 좀 더 가치 있는 사람으로 만들기 위한 새로운 도전 의욕과 용기가 생긴다.

　이렇게 부부는 서로를 정서적으로 지지하여 심리적 안정감, 살아갈 힘과 용기를 주고, 사랑과 행복을 키워 갈 수 있는 적절한 대화 방법을 배우고 실천하는 노력을 아끼지 말아야 한다.

감사

　'감사'는 행복의 문을 여는 마스터키(Master Key)이다. 행복해 보이는 사람들 중에 감사하며 살지 않는 사람은 있어도 감사하며 사는 사람 중에는 불행한 사람을 찾아볼 수 없다.

　이 세상에는 모든 면에서 행복의 조건을 갖추고 사는 사람들이 있다. 돈도 많고, 명예도, 권력도 가지고 있고, 미모가 뛰어난 부인에다 공부 잘하는 아이들까지…. 그래서 모든 사람들의 부러움을 한 몸에 받는 그런 사람들도 있다. 하지만 내면을 들여다보면 그러한 사람들 중에서도 감사를 모르고 사는 사람들이 있다.

　그러나 객관적인 조건으로만 보면 도저히 감사한 마음이 생길 수 없을 것 같은, 가난하고 비천한 하류 인생을 살고 있는 사람들 중에서도 매사에 감사하는 사람들을 발견할 수 있다. 그러한 악조건하에서도 감사하며 사는 사람 중에서는 행복하지 않은 사람들을 발견하기 어렵다.

사람은, 행복하다고 모두가 감사할 줄 아는 것은 아니다. 하지만 감사하면 반드시 행복해진다. 그렇기 때문에 감사는 행복으로 들어가는 마스터키라고 이야기할 수 있는 것이다.

행복의 마스터키가 되는 감사할 일들은 순간순간 우리들 삶 속에 숨어 있다. 그런데도 우리들이 감사하며 살지 못하는 것은 우리들의 생활 속에 숨어 있는 감사한 일들을 잘 발견해 내지 못하기 때문이다.

우리들이 생활 속에 숨어 있는 감사한 일들을 보다 더 잘 찾아낼 수 있도록 감사한 일들의 속성을 좀 더 다양한 각도에서 정의해 본다면 그것은 다음과 같을 것이다.

우리들은 보통 소중하게 생각되는 것들이 무료로 주어졌을 때 감사함을 느끼게 된다. 소중하게 생각되지 않거나 대가를 지불하고 얻게 되는 것들에 대해서는 감사함을 느끼지 않는다. 전혀 기대하지 못했던 귀중한 선물을 받고도 감사하지 않을 사람은 없다. 그리고 그러한 선물을 받고도 행복하지 않을 사람은 없을 것이다.

알고 보면 우리들의 삶은 뜻밖의 선물들로 가득하다.

나의 뜻과는 상관이 없겠지만 내가 이 세상에 태어난 일도 엄청난 선물이다. 내가 태어났기 때문에 이 세상의 아름다움을 마음껏 누릴 수 있고 세상의 즐거움을 느낄 수 있기 때문이다.

매일 아침 눈을 떠 새로운 날을 맞을 수 있다는 것 역시 보통의 행운이 아닐 것이다. 《네가 헛되이 보낸 오늘은 어제 죽은 이가 그토록 그리던 내일이다》라는 원재훈 시인의 책 제목처럼 내가 맞게 된 오늘은 어제 죽어 간 사람들에게는 감히 값을 매길 수 없을 정도로 값진 선물이다.

내게 선물로 주어진 오늘이 있기에 하루 동안 내가 선택할 수 있는 수많은 기회들을 누릴 수 있다. 매 순간 내가 선택할 수 있는 수많은 결정들과 그 결과들을 통한 성취, 내가 누릴 수 있는 다양한 즐거움의 기회, 배우고 경험할 기회들을 무료로 선물 받고 있는데 어찌 감사하지 않을 수 있겠는가?

우연히 만나 결혼까지 하게 된 배우자는 또 얼마나 큰 인생의 선물인가? 외로운 인생길을 서로 의지하고 동행하며 희로애락을 같이 나누는 평생 동반자를 구하려면 얼마나 많은 연봉을 주어야 가능할까? 그리고 모든 점에서 나와 합이 딱 맞는 그런 사람을 구하는 것이 과연 가능하기나 할까? 그런데도 지금 내 옆에 있는, 나와 합이 딱 맞는 배우자는 얼마나 감사해야 할 크나큰 선물인가?

이렇게 따지고 보면 내 삶에 선물이 아닌 것이 없고 감사하지 않을 것이 없다.

그런데도 우리들은 자신에게 주어진 삶의 수레바퀴 속에서 주변을 돌아볼 여유도 없이 허겁지겁 살며 감사한 일들을 발견하지 못하고 불행하게 살아가고 있다. 그렇게 사는 것이 행복을 찾는 유일한 길이라는 착각에 사로잡혀서.

우리들이 생활 속에 숨어 있는 감사한 일들을 발견해 내기 위해서 가장 먼저 해야 할 일은 우리들이 돌리고 있는 삶의 쳇바퀴를 잠시 멈추는 것이다. 삶의 쳇바퀴를 멈추어야 허리를 펴고 눈을 들 수 있고, 눈을 들어야 비로소 주위를 둘러볼 수 있기 때문이다. 오직 앞사람의 발자국만 따라 산을 오르는 것이 아니라 눈을 들어 발아래 펼쳐진 아름다운 풍경도 보고, 눈을 들어 하늘에 떠가는 구름도 보고, 귀를 열어 지저귀는 새소리를 들어 보아야 세상의 아름다움을 알 수 있고 매 시간 존재함에 감사한 감정을 느낄 수 있다.

또 좋은 선물을 많이 받고 감사함을 자주 느끼고 싶다면 작은 선물에도 크게 감동하고 진심으로 감사함을 느끼는 태도를 보여야 할 것이다.

선물을 주는 사람들은 일반적으로 자신이 준 선물을 받고 뛸 듯이 고마워하는 감동을 선사하고 싶어서 선물을 고르게 된다. 그런데 만약 자신의 선물을 받은 사람이 감동하지 않고 오히려 선물에 대한 트집을 잡기 시작한다면 선물을 준 사람의 마음은 어떻겠는가? 선물 받는 사람이 기뻐할 상상을 하며 즐겁게 선물을 골랐던 그 사람의 실망은 또 얼마나 크겠는가?

두 사람이 사는 가정 역시 행복해지기 위해서는 서로가 서로에게 감사한 마음을 가지는 것에서부터 출발해야 할 것이며 조그만 선물에도 감동하고 감사하는 마음을 표시하는 것에 게을리해서는 안 될 것이다.

또 너무 반복적인 일에만 매몰되지 말고 가끔씩 멈춰 서서 주위를 둘러보는 여유를 가져야 할 것이다. 그러는 과정을 통하여 우리는 우리들 삶 속에 숨겨져 있는 수많은 감사할 일들을 찾아낼 수 있을 것이고, 행복한 가정을 꾸려 나갈 수 있을 것이다.

115

CHAPTER 5

백년해로 인생 설계

목표를 가진다는 것은…

우리들 인생에서 목표를 가진다는 것은 참으로 중요한 일이다.

아침에 눈을 떠도 일어나 달려갈 곳이 없고 서둘러 해야 할 일이 떠오르지 않는다면, 그 사람의 하루는 과연 어떤 의미를 가지게 될 것인가? 그 사람은 살아갈 이유, 삶의 의미를 어디에서 찾을 수 있을 것인가? 그 사람은 목표를 향한 강한 도전 의욕과 샘솟는 삶의 에너지를 어디에서 보충해 올 수 있을 것인가? 그 사람은 목표를 가짐으로서 느끼게 되는 희망과 성취감을 어디에서 느낄 수 있을 것인가? 우리들은 과연 이러한 삶의 의미와 의욕, 희망과 성취감 없이도 행복한 삶을 꿈꿀 수 있을 것인가?

사람들은 자신의 삶에서 나름대로 의미를 추구하고 매일매일 보람과 성취감을 느낄 수 있어야 삶의 에너지가 생기고 행복할 수 있다. 목표가 우리의 삶을 이끌고 목표로 인해 우리들의 삶은 살아 움직이게 된다.

목표가 있다는 것은 꿈이 있다는 것이고, 꿈이 있다는 것은 미래 희망하는 바가 있다는 것이고, 미래 희망하는 바가 있다는 것은 살아갈 이유를 가지고 있다는 것이다. 그래서 우리들의 삶에서 목표를 가진다는 것은 매우 중요한 의미를 가진다.

목표 의식이 없는 사람은 삶의 의미를 잃은 사람이다. 살아갈 이유도, 도달해야 하는 목적지도 없이 이리저리 떠돌며 방황한다는 것은 어떠한 성취감도 만족도 주지 못한다. 그래서 마음이 항상 공허하다. 성취하고자 하는 목표가 없으니 결과도 당연히 없을 것이고 결과가 없으니 성취감도 느끼지 못할 것이기 때문이다.

삶의 보람과 성취감은 우리가 스스로를 가치 있는 사람으로 생각하며 자존감을 가지게 되는 중요한 재료이다. 따라서 성취감이 고갈된다면 자존감은 바닥을 칠 것이고 삶의 의미도 곧 말라 버릴 것이다.

목표는 우리들에게 살아가야 할 이유를 제공해 준다.

목표는 가야 할 방향을 알려 준다.

목표는 목표를 향해 나아갈 동기를 부여해 주고 에너지를 준다. 그래서 목표를 가진 사람의 눈은 항상 도전 의욕으로 불타고 에너지가 넘쳐난다.

목표는 결과를 이끈다. 그래서 장래에 이루고 싶은 꿈을 있다면 먼저 목표부터 세워야 한다.

특히 각자 생각이 다른 두 사람이 한 몸으로 살아가야 하는 부부 생활에서는 같이 바라봐야 할 목표를 가진다는 것은 매우 중요한 일이다. 2인 3각 경기에 출전한 선수들이 각자 다른 방향을 보고 뛴다면 어떻게 안전하게 목표를 향해 나아갈 수 있겠는가? 부부가 각자 다른 방향을 보면서 달려 나간다면 어찌 한 몸을 유지할 수 있겠는가?

그러하니 아들아! 너희 부부가 함께 바라보고 발맞추어 걸어 나갈 공동의 목표를 반드시 만들었으면 좋겠다. 길게는 평생 동안 짧게는 1년 혹은 한 달 동안 함께 만들고 싶은 목표를 상의하며 함께 미래를 꿈꾸는 것은 꽤 행복한 시간이 될 것이다. 그러한 공동의 주제를 논의하는 과정에서 공동 운명체 의식이 더 확고해지고, 건전한 대화가 활성화되어 관계 개선에도 도움이 될 것이다.

하지만 아들아, 처음부터 목표를 너무 무겁게 만들어 삶의 부담감을 키우는 것은 좋지 않다. 처음에는 그냥 취미, 성격, 적성을 고려한 소소한 단기 목표, 그냥 한번 해 보고 싶은 일들, 어쩐지 해 보면 재미있을 것 같은 것들을 골라 목표로 만들고 하나하나 실천하며 성취감을 맛보고 자신감을 키워 가면 좋겠다.

그러다가 어느 정도 탄력이 붙으면 점점 중요한 목표, 그리고 중장기적 목표로 목표들을 키우며 발전해 나가야 할 것이다.

그렇게 하면 생활에 활력도 생기고 생활도 계획적으로 이루어져 스스로 잘 발전해 나가고 있다는 안도감과 행복감을 느낄 수 있다.

목표 없이 그냥 흐르는 대로 살아가는 삶은 끝없는 방황의 연속이다. 자신이 무엇을 원하는지, 목적지가 어디인지를 모른다면 결코 어디에도 도달할 수 없다.

그래서 목표를 가진다는 것은 우리들 인생에서 매우 중요한 의미를 가진다.

함께 꿈꾸는 삶

백년해로(百年偕老)란 시경(詩經)의 격고(擊鼓)에 나오는 이야기인데 그 뜻은 부부의 인연을 맺어 평생을 같이 즐겁게 지낸다는 것이다. 이 말은 '검은 머리 파뿌리 되도록'이란 말과 함께 주례사에 자주 등장하는 말이기도 하다.

하필이면 백년해로란 말이 결혼을 축하하며 두 사람 앞길에 축복을 기원하고 결혼 생활에 대한 조언을 하게 되는 주례사에 자주 인용되는 이유는 결혼의 궁극적인 목적이 평생 동안 같이 즐겁게 지내는 것이기 때문일 것이다.

두 사람이 평생 동안 즐겁게 지내기 위해서는 서로 바라보는 방향과 움직이는 템포가 같아야 하는데 이를 가능하게 하는 것이 바로 부부가 함께 꿈꾸는 것이다.

부부가 백년해로하기 위해서는 적어도 오륙십 년 정도의 오랜 세월을 같이 살게 되는데 그렇게 오랜 인생길을 아무런 목표도, 이정표도 없이 살아간다면 얼마나 막막하고 지루할 것인가? 또 길을 가다 만날 크고 작은 위험과 길을 잃고 방황할 시간들에 대해서는 어떻게 대비할 것인가?

이러한 우려들을 사전에 점검하고 필요한 대비책을 미리 준비하기 위해서는 부부가 함께 살아갈 전체적인 인생 여정을 리뷰해 보고, 주요 인생 마디마다 발생이 예상되는 주요 이벤트들에 대한 대비책을 미리 준비하고 계획하는 인생 설계의 지혜가 필요할 것이다.

부부가 함께 꿈꾸는 인생 설계는 부부가 마주 앉아 이런저런 이야기로 꿈을 펼치게 되는 하고 싶은 일 목록 만들기로부터 시작하여 꿈 목록 구체화하기, 생애 설계표 작성 등의 과정을 거치며 자유롭게 진행하면 된다. 하지만 그러는 과정에서도 부부 생활에 중요한 영향을 미치게 되는 결혼, 가족계획, 내 집 마련 계획, 출산과 육아 계획, 은퇴 계획, 자녀 결혼 등의 주요 인생 마디에 대한 계획을 빠뜨리지 않도록 조심해야 할 것이다.

또 이렇게 부부로 살아갈 앞날을 리뷰해 보는 과정에서 결혼 생활이 결코 꽃길만은 아니고 힘겹게 넘어야 할 가파른 언덕들도 많다는 것을 알게 될 것이다. 그래서 아예 인생 설계를 포기하고 그러한 힘든 과정들을 애써 외면해 버리고 싶은 유혹도 생긴다. 하지만 눈 감는다고 자신 앞에 놓인 인생의 언덕이 사라질 것이라고 기대하는 것은 매우 어리석은 생각이다. 그 언덕은 눈을 크게 뜨고 정면으로 극복해 내려고 맞설 때 비로소 사라질 어려움이기 때문이다.

1. 하고 싶은 일 목록 만들기

나는 인생을 일, 학습, 여가의 3가지 영역으로 구성된 일상의 연속이라고 생각한다. 일은 우리들의 생명 유지에 필요한 물자를 조달하는 핵심 영역이고, 학습은 자신의 능력을 발전시켜 더 나은 사람으로 성장하게 만드는 자존감과 성취감을 가져다주는 영역이며, 여가는 우리들이 지치지 않도록 재미와 휴식을 주는 영역이다. 따라서 생애 설계 과정에서도 일, 학습, 여가가 한쪽으로 치우침 없이 잘 조화를 이루도록 구성되어야 한다.

내 인생에서 꼭 하고 싶은 일 (예시)

일	학습	여가
내 집 마련하기	전문 자격증 따기	가전제품, 가구 교체
자녀 출산 및 육아	전공 분야 늘리기	동남아 여행
은퇴	인터넷 쇼핑몰 배우기	유럽 여행
새로운 분야 일해 보기	포토샵 배우기	자전거 국토 종주
새로운 직업 도전하기	유튜브 방송 배우기	스노클링
책 쓰기	3D 프린트 배우기	해외에서 한 달 살기
농사일 해 보기	목공 배우기	산티아고순례길 걷기
양봉으로 꿀 만들기		통기타 배우기
내 손으로 집 짓기		보디빌딩 운동하기

※ 작성 요령
　부부가 각자 자신이 꼭 하고 싶은 일들을 위와 같이
　자유롭게 도출하여 표로 작성하여 보관하고
　그중에서 특히 부부가 함께하면 좋겠다고 생각되는
　공통부분을 추출하여 함께 꿈꿀 목록으로 사용.

2. 꿈 목록 구체화하기

　인생에서 꼭 해 보고 싶은 일 목록 작성 작업에서 만들어진 부부 공통 항목 중 실행 대상으로 선정된 항목을 단기(1~3년), 중기(3~10년), 장기(10년 이상) 계획으로 구분하고 실행 가능한 계획으로 구체화하는 작업이다. 하지만 현재 시점에서 30~40년 후 상황을 정확하게 예측해서 대응하는 것은 불가능한 일이므로 너무 상세한 계획은 필요 없다. 그냥 언제쯤 어떤 일을 하겠다, 정도의 이정표만 정하게 되어도 인생이 방향을 잃고 방황하는 일은 없을 것이다.

꿈 목록 (예시)

시기	나이		환경적 고려 사항	실행 계획
	나	아내		
1년~3년 이내	35 ~ 38	33 ~ 36	전세 계약 갱신 고려 출산 고려	전세금 인상액 마련 가족계획 여행 계획 전문 자격 취득
3년~10년	38 ~ 45	36 ~ 43	전세 계약 갱신 고려 자녀 입학 고려	자녀 학비 저축 직업 전환 준비 보디빌딩 시작
10년 이상 장기	45 ~	43 ~	내 집 마련 고려 대출금 상환 고려 직업 전환 고려 은퇴 고려	내 집 마련 계획 자녀 학자금 준비 은퇴 자금 준비 자녀 결혼 대응

※ 작성 요령

　시간의 흐름에 따른 주요 환경 요구 사항을 도출한 후
　환경 요구 사항에 슬기롭게 대응하고 자신의 꿈을
　펼칠 수 있는 실행 계획 수립.

3. 생애 설계표 작성

　생애 설계표는 한 가정의 생애 전체에 걸친 주요 인생 마디를 가족별, 연령별로 리뷰해 보고 각 인생 마디별로 꼭 해야 할 일과 하고 싶은 일들을 계획해 본 인생 전반에 대한 청사진이다.

생애 설계표 (예시)

꼭 해야 할 일/하고 싶은 일	나이				자녀 성장 단계, 주요 인생 마디
	남편	아내	자녀1	자녀2	
부모교육 받기	35	33			결혼
자녀 출산	37	35	1		자녀1 출생
전세계약 갱신	39	37	3	1	자녀2 출생
	41	39	5	3	
	43	41	7	5	자녀1 초등 입학
내집마련	45	43	9	7	자녀2 초등 입학
전문 자격증 취득	47	45	11	9	
	49	47	13	11	
	51	49	15	13	
	53	51	17	15	
전직 검토	55	53	19	17	
	57	55	21	19	자녀1 대학 입학
은퇴 계획	59	57	23	21	자녀2 대학 입학
	61	59	25	23	남편 정년퇴직
	63	61	27	25	
인생 2막 시작	65	63	29	27	
	67	65	31	29	자녀1 결혼
	69	67	33	31	자녀2 결혼
	71	69	35	33	
	73	71	37	35	
	75	73	39	37	
	77	75	41	39	
	79	77	43	41	
	81	79	45	43	
	~	~			
	100	100			

아들아! 나는 너희들이 함께 꿈꾸며 항상 같은 곳을 바라보고, 일과 학습과 여가가 균형을 이룬 계획적인 삶을 행복하게 살아갔으면 좋겠다.

함께 이루어 가는 삶

아버지가 결혼할 때만 해도 남자는 돈벌이를 하고 여자는 집에서 살림을 하는 것이 일반적인 사회 통념이었다. 그래서 특히 가부장적 분위기 속에서 자란 남자의 경우에는 여자를 밖으로 내보내 돈을 벌어 오게 하는 것은 남자가 무능해서 그런 것이라 생각하여 최고의 수치로 느꼈다.

현대화된 도시에 살면서도 망건과 갓을 포기하지 못하시던 할아버지와 한집에서 어린 시절을 보낸 탓이었을까? 나 역시 고루한 전 근대적 사고방식을 벗어나지 못하여 결혼과 동시에 아내의 사회생활을 강제로 그만두게 하는 실수를 저지르고 말았다.

아버지가 아들에게 전하고 싶은 주례사

결혼 전 아내와 나는 같은 회사에 다녔는데 우리가 다녔던 회사는 여사원이 결혼 이후에도 큰 무리 없이 정년까지 다닐 수 있는 복지가 좋은 회사였다. 그리고 아내의 직속 상사도 좋은 사람이어서 나를 불러 아내가 결혼 후에도 직장 생활을 계속 했으면 좋겠다고 조언까지 해 주었다.

하지만 가부장적 사고로 가득 찬 전근대적 남자였던 나는 그러한 조언을 모두 무시하고 아내가 사회생활을 그만두도록 압력을 가했다. 그러던 어느 날 나는 회사에 출근한 아내를 불러 놓고 단도직입적으로 말을 꺼냈다. 우리 두 사람이 같은 회사에 계속 다닐 수는 없으니 당신이 회사를 그만둘 건지 내가 그만둘 건지 당장 선택을 하라고 밀어붙였다. 결국 계속되는 나의 강요를 견디지 못한 아내는 그렇게 좋은 회사를 그만두고 집으로 들어와 살림하는 아줌마가 되어 버렸다.

대기업 전산실에서 첨단 IT분야 경력을 쌓으며 자신만의 꿈을 키워가던 아내는 일순간에 밥하고 빨래하고 청소하고 아이 키우는 것 말고는 관심이 없는 아줌마가 된 것이다. 그렇게 30여 년의 세월이 흘러버린 지금 경제적인 측면에서 전적으로 남편에게 의존할 수밖에 없어진 아내의 무력감과 이룩해야 할 꿈이나 발전해야 할 무대를 잃은 허망함, 반복적인 일상에 지쳐 버린 권태감 등으로 힘들어 하는 아내와 혼자서는 빨래도, 밥도 할 수 없는 바보가 된 나 자신을 보며 가끔 30여 년 전에 내가 내린 아내의 사회생활 중단에 대한 결정을 후회스러운 눈빛으로 되돌아보게 된다.

그래서 나는 생각한다. 30여 년 전에 내 머릿속에 가득 차 있던 돈벌이는 남자가 하고 안살림은 여자가 해야 한다는 그 고정관념이 얼마나 어리석은 것이었는지를.

물론 나도 부부가 각자 자신이 더 잘할 수 있는 분야에 집중하는 방식으로 분업을 하게 되면 일을 더 효율적으로 할 수 있다는 원리를 모르는 것은 아니다. 하지만 과도한 분업을 오랜 기간 반복하게 되면 그 사람은 특정한 분야 이외엔 아무것도 할 수 없는 반쪽짜리 인간이 되어 조직을 더 위태롭게 만들 수도 있다.

그래서 최근 들어 초일류 기업들을 중심으로 1인 다기능화(한 사람을 여러 업무에 숙련시켜 원스톱 서비스를 가능하게 하는 것), T자형 인재(넓은 영역의 지식 기반을 갖추고 특정 영역에서 전문성을 깊이 있게 갖춘 인재), M자형 인재(여러 분야에서 깊이 있는 전문성을 갖춘 인재) 등에 대한 관심이 고조되고 있다.

아버지가 아들에게 전하고 싶은 주례사

부부 생활에서도 1인 다기능화, T자형 인재 등의 개념이 도입되어야 한다. 그렇게 되어야 '독박 가사 노동', '독박 육아', '독박 돈벌이'라는 원망들이 사라지게 될 것이다.

가정은 두 사람이 같은 목적을 두고 합심해서 만들어 가는 것이기 때문에 매사에 책임을 나누어지고 서로 힘을 합해 공동으로 해낸다는 끈끈한 공동체 의식과 팀워크가 형성되어 있어야 한다.

그런데 가사는 아내 책임이니 남편이 관여할 바가 아니라고 뒤로 물러나 도우려 하지 않고, 돈벌이는 남편의 책임이니 어떤 상황에도 생활비를 벌어 오라고 책임만 떠넘기고 있다면 그 가정을 어찌 참된 부부라 할 수 있겠는가?

그러니까 아들아! 돈벌이는 남자, 집안일은 여자라는 전근대적 분업 방식을 과감히 버려라. 그리고 두 사람이 각자 좋아하고 잘할 수 있는 일을 찾아 평생 동안 성취하고 성장해 나갈 수 있는 여건을 마련해주고 응원해 주고 도움을 주어라. 각자 자신의 분야에서 성취감을 느끼고 발전해 나가는 희망을 느낄 수 있어야 더 당당해지고 자존감도 높아지고 서로에 대한 집착이나 의존심도 적어진다.

만약 네가 이러한 일을 소홀히 해서 아내는 살림에만 너는 돈벌이만 하는 사람으로 살게 된다면 그리 멀지 않아서 너에게만 의존하는 집착이 강해진 아내를 만나게 될 것이다. 그리고 너는 대화할 수 있는 공통 주제가 부족하고, 자유롭게 활동할 수도 없어 갑갑함을 많이 느끼게 된다. "나는 하루 종일 집안일에 시달렸는데 당신은 손도 꼼짝 않으려 하나요."라는 한탄이나 "나는 가족을 위해 열심히 일하고 왔는데 집안이 왜 이리 엉망이요."라는 불평을 교환하며 서로 얼굴 붉히게 되는 경우도 생기게 될 수 있다.

그러하니 아들아! 너희들은 각자가 자기 일을 가지고 사회생활을 계속할 수 있었으면 좋겠다. 여기서 내가 이야기하는 일은 꼭 돈벌이가 되는 일이 아니라도 좋다. 취미와 관련된 일이든, 사회봉사에 관련된 일이든 관계없이 그 일을 통해 성취감을 느낄 수 있고 나날이 발전하는 자신을 확인할 수만 있으면 된다.

그리고 각자가 그러한 일을 잘할 수 있도록 가사와 육아는 서로의 공동 책임으로 분담했으면 좋겠다.

물론 회사 일과 가사를 겸하는 것은 상당히 피곤한 일이 될 것이다. 하지만 가사는 우리들 삶을 유지하기 위해 반드시 해야 될 일이고 혼자 살았다면 너 혼자 감당해야 했을 일들이기 때문이다.

아버지가 아들에게 전하고 싶은 주례사

부부로 사는 것이 좋다고 하는 것은 내가 해야 할 가사를 아내가 대신해 주고, 아내가 해야 할 생업을 남편이 대신해 주기 때문이 아니다. 혼자 하려면 귀찮고 힘든 일이지만 같이 하면 수월하고 즐거울 수 있기 때문에 좋은 것이다. "백지장도 맞들면 낫다."라는 옛 속담과 같이 서로가 서로를 도우고, 응원하면서 알콩달콩 살아가는 것이 부부 생활의 행복이다.

함께 즐기는 삶

인생은 여행이다. 일생에 딱 한 번밖에 기회가 없고, 정해진 기한이 있으며, 수십 세기 동안 수많은 사람들이 다녀간 지구란 곳에서 머물지만 자신만의 독특한 여정으로 각기 다른 경험을 하고 돌아가게 되는 그런 여행이다.

그러한 의미에서 결혼 생활이란 인생의 여정에 들어선 두 사람 역시 가능하면 많이 보고, 많이 경험하고, 많이 누리려고 노력하며 행복하게 살아야 할 것이다. 단 한 번뿐인 인생인데 매일매일 축제처럼 흥겹고 행복하게 살다 가야 하지 않겠는가?

부부 생활의 행복과 불행을 결정하는 요소들은 대화 방식, 취미 생활, 기념일 행사 등이 있는데 지금부터는 각 요소들을 하나씩 생각해 보고자 한다.

첫 번째는 대화의 방식에 대한 이야기이다.

대화의 방식은 부부 생활의 행복과 불행에 결정적인 영향을 미치는 매우 중요한 요소이다. 부부는 서로 끊임없이 대화하며 상대방을 이해하게 되고 공감과 신뢰와 사랑을 키워 가게 된다. 하지만 잘못된 대화 방식으로 대화를 하게 되면 서로에게 상처를 주고 마침내 파국으로 끝나게 될 수도 있다. 그래서 대화의 방식은 부부 생활의 행복과 불행을 결정짓는 핵심적 요소라고 말할 수 있다.

미국에서 인간관계 연구 전문가로 명성이 높은 심리학자 '존 가트맨' 박사는 50년간 3,600쌍의 부부를 검사하여 부부 관계를 연구했다. 그 결과 부부 상호작용을 3분만 관찰해 봐도 그 부부의 결혼 생활이 행복한지 불행한지를 95% 이상의 신뢰도로 예측할 수 있게 되었다고 한다.

'존 가트맨' 박사는 행복한 부부와 불행한 부부의 3가지 특징을 다음과 같이 이야기하고 있다.

1. 높은 우호감(친밀감)

행복한 부부는 상대방이 무엇을 좋아하고 무엇을 싫어하는지, 어떤 꿈을 가지고 있고 무엇을 두려워하는지와 같은 마음의 지도에 관심이 많고 정확히 알고 있으며 다가가는 대화를 통해 이해하고 공감하고 지지하는 대화 방식을 가지고 있는 반면,

불행한 부부는 상대방이 가지고 있는 마음의 지도에 관심이 없고 정확히 알지 못해 오해하게 되며, 원수되는 대화 방식을 채택하여 상대방 이야기와 관련 없는 대응을 보이거나 즉각적인 반박과 비웃음으로 대응하는 특징을 보인다.

2. 갈등 관리 방식

행복한 부부의 경우는 부드러운 갈등 관리 방식을 채택하여 조심스럽고, 예의 바르게 갈등을 풀어 나가는 데 반하여

불행한 부부들은 함부로 싸우는 방법으로 갈등에 대응하는 특징을 보인다.

3. 상대의 꿈에 대한 반응

행복한 부부는 서로의 꿈을 잘 알아 공유하고, 존중하고, 지지해 주

는 반면,

불행한 부부는 상대의 꿈을 모르거나 반대하거나 가로막는 태도를 보인다고 한다.

또, 부부 관계를 파국으로 이르게 하는 4가지 대화 방식을 다음과 같이 밝히고 있어 우리들로 하여금 많은 생각을 하게 한다.

〈부부 관계를 파국에 이르게 하는 4가지 대화 방식〉

1. 비난: "당신은 도대체 왜 그 모양이야?"
2. 방어(변명): "그러면 너는 뭘 잘했는데?", "왜 나한테만 뭐라고 해?", "너도 그러잖아?"
3. 경멸: "아이고, 너 주제 파악이나 좀 해."라고 하며 상대를 얕잡아 보고 비웃거나, 조롱하고 하인이나 어린애 취급.
4. 담 쌓기: 통화 도중 일방적으로 전화를 끊어 버리거나, 대화 없이 나가 버리는 것.

결혼 생활의 행복과 불행에 결정적인 영향을 미치는 것이 대화 방식이라고 하니 위에서 언급된 행복한 부부들의 대화 방식을 잘 익혀서 실생활에 적용토록 노력해야 할 것이다.

두 번째는 취미 생활에 대한 이야기다.

사람은 일만 하고 살 수는 없다. 일과 여가가 적절히 조화를 이루어야 지치지 않고 살 수 있다. 인생에서 일이 밥이라고 한다면 여가는 반찬에 해당한다.

물론 사람이 생명을 유지하려면 밥을 먹어야 하겠지만 밥만 계속 먹는다면 먹는 즐거움을 어디서 얻을 수 있을 것인가? 혀끝을 자극하는 다양한 맛도 느끼지 못하고 줄곧 밥만 먹는다면 금방 질려서 식사 시간이 고역일 것이다. 하지만 밥과 더불어 다양한 맛을 내는 반찬들을 먹는다면 그 식사 시간은 우리들에게 무한한 행복을 주는 시간이 될 것이다.

우리들의 삶도 이와 같아서 밥벌이를 위한 일만으로는 행복한 삶을 살 수 없다. 일과 일 사이의 여가 시간에 짬짬이 즐기는 취미 생활이 있어야 인생을 한층 더 풍요롭게 만들고 행복하게 살 수 있다. 그래서 최근에는 워라벨(work-life balance: 일과 삶의 균형), 소확행(작지만 확실하게 실현 가능한 행복) 등의 신조어가 유행하며 여가와 취미에 대한 관심이 높아지고 있는 것 같다.

아버지가 아들에게 전하고 싶은 주례사

하지만 주위를 둘러보면 의외로 취미 없이 일만 하며 살아가는 사람들이 많다. 부끄러운 이야기지만 나도 때로는 시간이 없다는 핑계로, 때로는 돈에 여유가 없다는 핑계로 취미 활동에 시간과 돈을 투자하기를 주저하며 살아왔다. 그러다 퇴직을 하고 시간과 돈에 어느 정도 여유가 생겼는데도 그동안 투자해 온 취미가 없다 보니 선뜻 관심이 가는 취미를 찾기 힘들었다. 그래서 내 아들은 이른 나이부터 취미 생활에 투자하라고 부탁하고 싶다. 그리고 가능하다면 부부가 같이 할 수 있는 공동의 취미를 가질 수 있다면 더없이 좋겠다.

자신에게 꼭 맞는 취미를 찾기 위해서는 먼저 다양한 취미 생활을 접해 봐야 한다. 시작은 평소에 자신이 멋있다고 생각했던 취미부터 하는 것이 동기부여도 잘되고 자존감 향상에도 도움이 될 것이다. 취미 활동에 참가하는 방법은 어디서, 누구와, 어떻게 배울지를 결정하는 것인데 자신의 여건이나 성향에 맞게 선택하면 된다. 최근에는 취미 활동을 쉽게 접근할 수 있는 인터넷 플랫폼들이 많으니 활용하면 좋을 것이다.

많은 사람들이 취미는 남들이 보기에 고상한 것이나, 자신의 실력이 뛰어난 분야의 것을 해야 한다고 생각하지만 그럴 필요 없다. 취미는 남에게 보여 주기 위한 것이 아니라, 나를 더 나답게 만들어 주는 도구이며 내 삶을 더 풍요롭게 만들어 주는 도구이기 때문이다. 그렇기 때문에 그냥 평소에 하고 싶었던 것을 골라 부담 없이 시작하고 목표를 세워 조금씩 해 나가면 된다. 그 과정에서 성취감과 행복감이 커지게 되고 관련 분야에서 능력을 발휘할 기회도 만날 수 있을 것이다.

취미 활동은 우리 삶에 매우 긍정적인 변화를 가져다준다. 직장에서 반복되는 업무에 대한 권태나 새로운 업무에 대한 두려움 등도 새로운 취미 활동으로 이루어 낸 성공 경험과 성취감 등이 축적된다면 기대와 희망으로 바뀐다고 한다. 이렇게 취미를 통해 가치관이나 삶에 대한 관점도 바뀔 수 있다니 취미는 우리들 삶에 매우 유익한 영향을 주는 생산적인 활동인 것 같다.

세 번째는 기념일 행사에 관한 이야기이다.

인생을 좀 더 축제같이 흥겹게 살고 싶다면 기념일을 많이 만들고 그때마다 기념행사를 하면 된다. 국가나 지방 사람들이 특별히 기념하고 싶은 사건들을 축제 형식으로 표현하며 기념하고 즐기는 것과 같이 부부가 같이 기념하고 싶은 결혼기념일, 가족들의 생일 등 특별한 의미를 갖는 기념하고 싶은 날들이 많이 있을 것이다.

이러한 기념일들을 잘 찾아서 매년 그날의 의미를 되새기고 같이 즐기는 행사를 만든다면 부부만의 축제가 일 년 내내 계속될 수도 있지 않을까? 축제는 우리들에게 즐거움을 주고 그날에 대한 의미를 되새기게 만들기 때문에 매일매일이 잔칫날과 같이 즐겁고 행복할 것이다.

아들아! 나는 너희들의 결혼 생활이 두 사람이 함께하는 향기로운 대화, 함께하는 취미, 풍요로운 기념일 행사들로 인해 항상 즐겁고 행복한 시간들로 가득했으면 좋겠다.

안전하고 풍요로운 삶

부부가 같이 반백 년 넘는 긴 세월을 살다 보면 예상치 못한 변화와 풍파를 만나기도 할 것이다. 그래서 사람들은 미래 위험에 대비하기 위해 보험도 들고 저축도 하고 투자도 하게 된다.

하지만 무분별하게 가입한 보험들 때문에 불필요한 가계 지출이 늘어나거나, 일확천금을 노리는 잘못된 투자 마인드로 인하여 사기나 금전적 손실에 노출될 수도 있다. 그래서 지금부터는 보험과 투자에 대해 생각해 보아야 할 것들을 하나씩 검토해 보고자 한다.

첫 번째는 보험에 관한 이야기이다.
보험이란 재해나 각종 사고 따위가 일어날 경우의 경제적 손해에 대비하여, 공통된 사고의 위험을 피하고자 하는 사람들이 미리 일정한 돈을 함께 적립하여 두었다가 사고를 당한 사람에게 일정 금액을 주어 손해를 보상하는 제도이다. 여기서 보험의 대상이 되는 위험(재해나 사고)은 사고 발생률을 통계적으로 정확히 예측할 수 있을 만큼 발생 빈도가 충분히 높지만 발생 확률은 높지 않아야 하고, 예상되는 손실의 정도가 보험 가입 동기를 유발할 수 있을 만큼 심각해야 보험 가입의 효과를 충분히 얻을 수 있다. 예를 들면 이러한 위험은 우리들이 흔히 보험으로 처리하고 있는 자동차 사고와 같은 것들을 말한다.

발생 확률이 높고 손실 규모가 큰 위험은 보험보다 저축을 통해 해결하는 것이 더 현명한 방법이지만 이러한 위험도 보험으로 대비하는 사람들이 적지 않은 것은 보험회사가 인맥이나 공포 마케팅으로 상품을 강매한 결과이거나, 가입자들의 보험에 대한 지식 부족 때문이다.

예를 들어 자녀 대학 등록금 등 학자금 보험은 보험 가입 시점에서 미래에 발생할 자금 소요 시기나 필요 금액을 미리 예측할 수 있다. 그래서 현 시점에서 소요 금액을 목표로 하는 적금을 들거나 투자 상품을 이용할 수도 있다. 그런데 이러한 미래 자금 소요에 대하여 보험을 들게 된다면 보험 상품 구조상 부담해야 하는 사업비만큼 투자 금액이 적어지는 효과를 감수해야 하고, 중도 해지하게 되면 손실을 감수해야 할 경우도 발생하게 된다.

발생 확률은 높지만 손실 규모가 적은 위험은 보험이나 저축으로 대응하기보다는 위험 축소를 위한 위험 관리 노력으로 대응함이 더 합리적인 방법이다.

발생 확률도 낮고 손실 규모도 적은 위험은 무시해도 좋을 정도의 위험이므로 굳이 보험이나 저축으로 대응할 필요 없이 그냥 위험을 보유하는 방법으로 대응하는 것이 합리적인 방법이 될 것이다.

보험에 가입할 때에는 보험에서 담보하는 위험이 이미 가입하고 있는 보험들이 담보하는 위험과 중복되지 않는지 반드시 검토해 보아야 불필요하게 중복 가입하는 실수를 방지할 수 있다.

이미 가입하고 있는 보험들도 다시 한 번 리뷰해서 담보하는 위험이 중복되는 보험이나 불필요한 보험들을 과감히 다이어트하고 지인 등의 부탁에 의한 불필요한 신규 보험 가입을 금지토록 노력해야 할 것이다.

두 번째는 투자에 관한 이야기이다.

투자는 미래의 자금 수요에 대비하거나 좀 더 많은 부를 축적하기 위해 매우 중요한 재무 활동이 된다. 그래서 평소에 관심을 가지고 꾸준히 공부해 나가야 할 분야이다. 투자를 결정할 때 가장 조심해야 할 것은 과도한 수익률에 현혹되거나 집착하는 것이다.

이 세상에 나만 아는 대박 투자처는 없다. 일반적인 시장 수익률보다 엄청나게 높은 수익을 보장한다고 하는 투자 제안은 100% 사기다. 그렇기 때문에 수익률로 눈속임하는 투자는 절대로 하지 말아야 한다.

효과를 보기까지 매우 오랜 시간이 소요되는 토지 투자 등은 당장 필요하지 않는 여유 돈으로만 해야 한다. 대출을 받아 호흡을 길게 가지고 가야 하는 투자에 사용하게 되면 자금 압박 시 헐값으로라도 팔게 되어 손실을 볼 가능성이 크기 때문이다.

주식 투자 격언 중 '계란은 한 바구니에 담지 마라.'는 말이 있다. 이 말은 어설픈 확신으로 한 종목에 몰빵하면 위험이 커지기 때문에 가능하면 위험을 분산시킬 수 있는 포트폴리오를 구성해서 안전하게 투자하라는 의미이다.

만일 주식 투자를 하게 되면 단타로 돈 벌 생각을 하지 말고 장기 가치 투자의 원칙을 지켜라. 단타로 주식 투자를 하는 것은 투자가 아니고 투기이기 때문이다. 단기적인 주가지수나 경기 흐름 예측을 통해 수익을 내려고 하지 마라. 단기적인 경기 흐름이나 주가지수 변동은 신들도 모르는 것이다.

자신이 잘 아는 분야에서 미래 성장 가능성이 높은 우량 기업을 찾아서 그 기업에 장기간 투자해라. 그 기업이 더 많이 성장해 나갈 수 있도록 주식 투자를 통해 자금을 지원해 주고 주식을 산 사실조차 잊어버려라.

그렇게 하면 10년 혹은 20년 후에 엄청난 수익률로 보답할 것이다.

투자는 돈을 벌기 위해서만 하는 것은 아니다.
사람의 능력 개발을 위한 투자도 매우 중요하다.

요즈음 같이 변화가 심한 사회에서 한 회사에서 정년퇴직을 맞을 가능성은 매우 낮다. 어느 시기가 되면 회사를 옮기게 되든지 아니면 업종을 옮겨야 할 경우도 발생할 수 있다. 지금 하고 있는 일을 더 잘하기 위해서 혹은 이직이나 이 업종 진출을 위해서 중단 없는 자기 개발이 필요하다. 그러하니 공부를 쉬지 말고 자격증 취득이나 학위 취득을 위해 시간과 비용을 아낌없이 투자해라. 모든 투자 항목 중 가장

아버지가 아들에게 전하고 싶은 주례사

실패 확률이 낮고 안전한 투자가 바로 자기 개발 투자이다.

건강에 대한 투자도 게을리해서는 안 된다. 월 10만 원을 투자해서 건강에 관련한 보험을 드는 것보다는 헬스에 투자하는 것이 더 확실한 효과를 볼 수 있다.

건강을 잃은 후 치료비를 보험에서 받는 것보다는 건강을 잃지 않도록 운동해서 건강 이상 위험을 사전적으로 차단하는 것이 백번 나은 선택이기 때문이다.

사람에 대한 투자도 매우 중요하다.

자신과 가까이서 물심양면으로 지원을 아끼지 않고 서로 의지하며 지낼 수 있는 친구나 지인들은 인생길을 더욱 풍요롭게 하는 매우 귀중한 자산이다. 그러하니 평소에 시간과 관심을 투자해서 관계가 소원해지지 않도록 조심스럽게 살펴 나가야 할 것이다.

CHAPTER 6

부자 되는 살림 원리

돈의 노예가 되지 말고, 돈의 주인이 되어라

당신은 지금 돈의 주인으로 살고 있는가? 아니면 돈의 노예로 살고 있는가? 이런 질문을 하게 되면 대부분은 조금 망설인 후 자신은 돈의 노예로는 살고 있지 않다고 대답할 것이다. 여기에서 다시 한번 당신은 돈의 주인으로 살고 있냐고 질문해 본다면 자신이 돈의 주인으로 살고 있다고 당당하게 대답할 수 있는 사람들은 그렇게 많지 않을 것이다. 그 이유는 현대 자본주의 사회를 살아가는 사람들 중에 돈으로부터 완전히 자유로운 사람은 그리 많지 않기 때문이다.

주인은 자신을 위해 일하는 사람이고, 노예는 주인을 위해 일하는 사람이다. 그래서 주인은 자신을 위해 자유의지로 일하고 자신에게 예속된 것들을 관리하고 결과에 대한 책임도 지게 된다. 반면에 노예는 주인에게 예속되어 지시에 따라 일할 뿐 자유의지를 동원해서 마음대로 상상하고 행할 수 없다.

당신에게 돈은 어떤 의미인가? 돈이 당신을 일터로 내몰며 당신을 부리고 있는가? 아니면 당신이 돈의 주인으로써 돈을 마음껏 통제하며 관리하고 있는가?

만약 당신이 진정한 돈의 주인이라면 현재 보유하고 있는 돈이 얼마인지를 정확히 알고 있어야 하고, 입금과 출금을 스스로 결정할 수 있어야 할 것이다.

하지만 신용카드 전성시대를 살고 있는 요즘 사람들은 자신이 가지고 있는 돈이 얼만지 실시간으로 파악하고 있는 것은 쉬운 일이 아니다. 돈의 입출고 즉 수입과 지출을 스스로가 결정하여 통제하는 것 역시 결코 쉬운 일이 아닐 것이다.

그래서 돈의 주인으로서 혹은 돈의 관리자로서의 역할을 온전히 수행하고 있다고 자신할 수 있는 사람들이 많지 않은 것 같다.

어떻게 보면 오늘날의 샐러리맨들은 신용카드 회사에 빚으로 예속되어 한 달 단위로 일하고 그 기간의 빚을 갚아 나가며 또다시 신용카드로 지출하며 카드 빚에 묶이는 신용카드사의 노예란 생각도 든다.

노예들은 열심히 농사를 짓지만 수확한 곡식들 대부분을 주인이 가져가 버린다. 샐러리맨들은 한 달간 열심히 노력한 대가로 월급을 받아 통장에 입금하지만 카드사가 그 금액을 즉시 뽑아 가 버려 다시 빈털터리가 된다. 그래서 다시 카드 빚에 의존할 수밖에 없고 다음 달 월급날 역시 카드 청구액이 빠져나가 빈털터리가 된다. 이러한 악순환은 샐러리맨들을 신용카드라는 도구를 이용해 돈의 노예로 만들어 버린다.

우리들이 돈의 노예로 살지 않고 돈의 주인이 되려면 제일 먼저 신용카드 청구서라는 노예 문서를 찢어 버려야 한다.

그리고 자신의 수중에 가지고 있는 돈이 얼마인지를 실시간으로 알고 있어야 하며 입출금을 계획적으로 통제할 수 있어야 한다.

신용카드를 사용하면서 가계부를 적지 않는다면 자신의 지불 능력을 알 수 없어 과소비하기 쉬운데 현금으로 결제하면 그러한 위험을 방지할 수 있다. 지갑 내 현금 잔고를 직접 볼 수 있기 때문에 이 지폐를 꺼낼지 아니면 넣어 둘지를 현장에서 명쾌하게 결정할 수 있다.

신용카드로 구매하면 구매 물품이 별 대가 없이 수중에 들어오는 것 같이 느껴진다. 하지만 현금으로 구매하면 들어오는 물건과 나가는 현찰을 비교해 보면서 그 물건이 꼭 구매해야 하는 것인지를 다시 한 번 생각하게 만든다. 그래서 신용카드 구매보다는 훨씬 알뜰하고 합리적인 소비가 가능하다.

돈을 모으려면 가장 먼저 돈이 모이는 시스템을 만들어야 한다. 자기 수중에 두고 관리하던 돈이라는 노예가 쉽게 자기 울타리를 넘어 도망치지 못하도록 나가는 문은 가능한 한 좁게 만들고 나가는 절차를 까다롭고 불편하게 만들어서 수중에 있는 돈이 나가는 것을 철저히 통제해야 한다. 또 들어오는 돈은 가능하면 쉽게 들어올 수 있게 만들어 돈이 수중에 오랫동안 머물 수 있는 시스템을 만들도록 해야 한다.

즉, 입금 장벽을 제거해서 쉽게 입금이 가능토록 하고, 자동화하여 돈이 들어오는 통로를 크게 만들어야 한다. 또한 돈이 쉽게 나갈 수 있는 신용카드를 없애고 은행에 가서 현금을 찾아 가지고 다녀야 하는 현금결제로 바꿈으로써 돈을 내보내기 불편하게 만드는 것이 좋다. 그리고 금액 단위가 많은 지출은 가능하면 부부 만장일치가 될 때만 지출토록 지출 결정의 장벽을 마련하는 것이 유용할 것이다.

이렇게 돈의 주인이 되어 돈을 관리하는 시스템을 완벽하게 구축하게 되면 돈을 효율적으로 관리할 수 있고 마음대로 부릴 수 있다. 돈이 주인도 모르게 함부로 도망가 버리는 것을 막고 돈을 잘 모을 수 있을 것이다.

그러니까 아들아! 조금 불편하더라도 신용카드를 모두 없애 버리고 현금으로 결제하는 시스템을 만들어 돈에 대한 통제력을 갖추어라. 만약 그것이 불가능하다고 생각된다면 현금 입출금 카드로 대체하는 것도 차선책이 될 수는 있을 것이다. 부부가 각각 신용카드를 가지고 임의로 지출하는 것은 가정경제 피폐의 지름길이란 점을 명심하고 합심하여 신용카드 사용을 자제해 주기 바란다.

또 일정 금액 이상 중요한 지출은 반드시 부부가 상의하여 합의에 이를 때만 지출하는 것으로 기준을 정하는 것이 좋겠고, 할부금이나 대출이자가 너의 월급날을 기다리지 못하도록 사전에 차단하되 꼭 필요한 대출금은 조기에 상환할 수 있도록 상환 자금 마련 적금을 조기에 시작할 필요가 있을 것이다.

가계부에 기록하며 체계적으로 관리하라

기록은 생각을 남기고, 생각은 희망을 남기고, 희망은 계획을 남기고, 계획은 성과를 남긴다. 이러한 원리는 내가 지난 60여 년을 살며 터득해 온 삶의 이치이다.

그런 맥락에서 한 가정의 살림에도 같은 논리가 적용된다. 기록 없는 살림은 낭비를 남기고, 낭비는 절망을 남기고, 절망은 무계획을 남기고, 무계획은 무성과를 남기게 된다. 돈의 주인이 되어 돈이 들어오고 나가는 것을 가계부에 빠짐없이 기록해라. 돈의 주인이 그렇게 철저히 관리하는 모습을 보여야 돈도 함부로 도망갈 생각을 못하고 모이게 된다.

물론 대출이자, 아파트 관리비, 카드 결제액 등을 감당하기에도 빠듯한 수입인데 얼마 되지도 않은 수입과 잔잔한 지출들을 일일이 가계부에 적어 가며 산다는 것은 생활고에 또 하나의 고통을 더하는 매우 괴로운 일이 될 수도 있다. 그래서 사실 우리 부부도 신혼 초에 가계부를 조금 써 보려고 노력하다가 결국은 포기하고 말았다. 하지만 이러한 행동은 이내 나쁜 습관으로 굳어져 정작 가계부 작성을 통한 계획적인 지출이 절실했던 시기에도 가계부 쓰기가 쉽지 않았다. 그래서 우리 부부는 가계부 작성을 통한 계획적 재무 관리를 하지 않았을 때 발생되는 부작용을 누구보다도 더 잘 알고 있다.

가계부는 아내가 돈을 다른 곳으로 빼돌렸는지 아니면 허튼 곳에 낭비했는지를 감시하기 위한 도구가 결코 아니다.

가계부는 한 가정의 인생 기록이며 인생 설계의 수단이다. 가계부는 한 가정에서 희망하는 것들을 조달하기 위한 자금 조달 방법과 배분 계획을 고민한 흔적이며 알뜰하게 계획적으로 살림을 꾸려 나갈 수 있게 하는 중요한 수단이 된다. 그래서 좀 귀찮고 쫀쫀하게 느껴지더라도 가계부 작성을 생활화하기 바란다. 요즈음은 휴대폰에서 실시간으로 가계부를 작성할 수 있도록 지원해 주는 편리한 앱들이 많이 개발되어 있으니 그런 앱들을 활용하면 가계부 운영에 도움이 될 것이다.

현대 경영의 구루(guru)로 불리는 피터 드러커(Peter F. Drucker)는 "측정할 수 없다면 관리할 수 없다."란 명언을 남겼는데 그 말의 의미를 좀 더 상세하게 풀어 본다면 다음과 같다.

어제보다 나아진 오늘을 발견하기 위해서는 어제의 기록이 반드시 필요하고 어제와 비교한 오늘의 수치는 오늘의 성과 판단에 매우 중요한 데이터가 된다. 또 이를 근거로 내일의 목표를 설정할 수 있으며 내일의 성과를 측정하여 오늘의 성과와 비교해 봄으로써 발전의 궤적을 추적해 볼 수 있다. 따라서 측정할 수 없으면 관리할 수 없고, 관리할 수 없으면 개선시킬 수도 없다.

한 가정의 살림이 어떻게 발전해 왔는가를 정확히 파악하고 목표하는 바를 차질 없이 달성하기 위한 최적의 루트를 개발하려면 가장 먼저 그 가정의 수입과 지출 구조를 명확히 파악해야 한다. 그리고 향후 라이프사이클 변화에 대응한 재무구조 개선 방향을 설정하기 위해서는 현금 흐름을 분석해서 현금 소요와 조달 계획을 명확히 작성할 수 있어야 할 것이다.

우리는 항상 미래에 발생될 예측 가능한 주요 이벤트들에 대해 사전에 미리 대비책을 마련하면서 살아야 문제가 발생되지 않는다. 그러한 대비도 없이 그냥 매일매일 하루 벌어서 하루 먹으며 전전긍긍하며 사는 삶은 너무 불안하고 피곤하다.

사람의 미래는 아무도 예측할 수 없는 일이지만 그래도 우리 삶의 주요 마디마다 발생될 수 있는 주요 이벤트들은 사전에 미리 예측할 수 있는 것들도 많다.

예를 들면 우리는 자녀 출산에 대한 계획을 세울 수 있고 그 계획에 따라 육아와 교육 등 주요 이벤트들을 예상할 수 있다. 따라서 주요 이벤트별 소요 자금 규모와 시기를 미리 예상해 사전에 자금 조달 계획을 마련해 둔다면 어떠한 일이 닥쳐도 당황하지 않고 차질 없이 가계 운영을 해 나갈 수 있을 것이다.

이러한 작업에는 정확히 기록된 가계 수입과 지출 명세서가 반드시 필요한데 그것은 잘 기록된 가계부를 통하여만 얻을 수 있다. 평소 수입과 지출을 정확히 가계부에 기록하며 알뜰하게 살림을 관리해야 장래 발생될 굵직굵직한 지출에 문제없이 대응해 나갈 수 있고, 내 꿈을 실현하기 위한 계획도 세울 수 있는 것이다.

가계부를 쓰는 것은 매우 귀찮은 일이다. 하지만 가계부를 씀으로써 얻을 수 있는 이익은 그러한 수고들을 모두 보상하고도 충분히 남을 만큼 많다.

가계부를 씀으로써 생각 없이 돈을 낭비해 버리는 습관을 고칠 수 있다. 자신의 은행 계좌에 돈이 얼마나 남았는지를 수시로 확인할 수 있고, 자신의 소비 패턴을 파악하여 개선 방향을 잡을 수도 있다. 또 물건 가격에 대한 비교가 가능하여 좀 더 합리적인 구매가 가능해진다. 가치 있게 돈을 쓰는 법을 알게 되고 미래를 계획하며 자신만의 꿈을 키울 수 있게 된다는 것 역시 가계부를 작성하면서 누릴 수 있는 커다란 이점이다.

그러하니 아들아! 가계부 쓰기를 생활화해서 살림을 계획적으로 꾸려 나가기 바란다. 조금 쫀쫀하게 보일지도 모르지만 그렇게 하는 것이 최선의 방법이다. 그렇기 때문에 모든 기업들이 회계장부를 작성하며 현재를 관리하고 미래를 계획하고 있는 것이다.

계획으로 꿈꾸고 저축으로 준비하라

이 세상에는 꿈이 없는 사람과 꿈만 있고 계획이 없는 사람, 꿈도 있고 계획도 있지만 준비하고 실천하지 않는 사람, 꿈도 있고 계획도 있고 준비도 하면서 꾸준히 꿈을 실현해 나가고 있는 사람도 있다.

만일 우리들에게 꿈도 희망도 없는 암울한 삶이 끝도 없이 밀려온다면 과연 우리들은 얼마나 오랫동안 그 지옥 같은 나날들을 견뎌 낼 수 있을까? 끝도 보이지 않는 칠흑 같은 어둠 속 터널을 지나면 한 줄기 아침 햇살을 볼 수 있다는 그런 일말의 희망도 없다면 우리들은 어떻게 그 어두운 밤들의 공포를 이겨 낼 수 있겠는가?

우리는 언젠가 들어본 듯한 러시아의 국민적 시인 "알렉산데르 푸

슈킨(Aleksandr Pushkin)"의 〈삶이 그대를 속일지라도〉라는 시를 떠올리지 않더라도,

　　"생활이 그대를 속일지라도 슬퍼하거나 노하지 말라

　　설움의 날을 참고 견디면 머지않아 기쁨의 날이 오리니

　　마음은 미래에 사는 것 현재는 언제나 슬픈 것

　　모든 것은 일순간에 지나고 지나간 것은 그리워지는 것이다."

　　　　　　　　　　　　　　　　　　　　　　　　-푸슈킨-

　제우스에게 호기심과 함께 상자 하나를 선물로 받은 판도라가 "절대로 열어 보지 마라."고 말한 제우스의 명을 어기고 상자 뚜껑을 열었더니 상자 속에 있던 통풍, 류머티즘, 복통 등 온갖 신체적인 괴로움과 질투, 원한, 복수 등 온갖 정신적인 괴로움들이 인간 세상으로 쏟아져 나오게 되었고 이에 깜짝 놀라 상자 뚜껑을 닫으면서 미처 나오지 못했던 희망만이 상자 속에 남아 우리들이 어떤 재난에 처해도 희망을 잃지 않게 되었고, 희망을 가지고 있는 한 어떠한 재난도 우리를 절망할 정도로 불행하게 하지는 못한다는 그리스 로마 신화 속의 판도라의 상자 이야기를 떠올리지 않더라도,

　우리들의 삶에서 꿈과 희망이 얼마나 중요한 의미를 지니고 있는

것인지 느낄 수 있을 것이다.

그런데도 우리들 주변에는 장래에 대한 꿈과 희망 없이 그냥 눈앞에 닥친 하루하루만 생각하며 살아가고 있는 사람들을 어렵지 않게 찾아볼 수 있다.

특히 최근에 회자되고 있는 '삼포세대(연애, 결혼, 출산을 포기한 세대)'를 살고 있는 젊은이들 사이에는 "우리에게는 미래가 없다. 그러니 현실에서 최대한 즐거움을 찾고 살자."라며 미래에 대한 저축보다는 할부나 대출을 끌어서라도 좋은 차, 좋은 집에 살며 현재를 즐겨 보자고 하는 풍조가 생겨나고 있는 것 같아 괜스레 걱정이 많아진다. 그들이 추구하고 있는 눈앞의 행복은 금방 사라져 버릴 순간의 행복에 불과한데 그것을 위해 장래에 그들이 치러야 할 대가는 상상 이상으로 무거울 거라는 생각 때문에….

그래서 미래에 대한 꿈 없이 하루살이 인생처럼 사는 젊은이들을 보면 걱정이 많이 된다.

취직해서 월급을 받게 되면 더 나은 장래를 위한 자기 개발에 투자하거나 결혼 비용 마련을 위한 저축은 하지 않고 눈앞의 유혹을 견디지 못해 불필요한 물건들을 사거나 고급 차를 사거나 멋진 레스토랑에서 외식을 즐기면서 수입의 전부를 소비해 버리는 사람들이 많기 때문이다. 심지어는 자신의 수입을 넘어 카드 빚을 내어서라도 그러한 욕망을 채우고 마는 사람들도 있다.

하지만 내가 본 바로는 그들의 행복은 그리 오래지 않아서 엄청난 괴로움으로 바뀐다. 카드 빚이 연체되어 신용도가 떨어지고, 고금리 급전을 빌리게 되고 마침내 상환 불능 상태에 빠져 개인 회생 혹은 파산에 이르게 되는 사람들도 적지 않다. 그렇게 그들의 인생은 빚의 노예가 되어 상당히 오랜 기간 동안 괴로운 시간을 보내야 될 것이다.

판도라의 상자에는 아직도 희망이 남아 있다. 비록 '삼포세대'를 살고 있는 우리들 눈앞의 삶이 괴롭고 힘든 시간의 연속이 될지도 모르지만 우리들 마음속에 희망이 남아 있는 한 결코 우리들을 불행에 빠뜨릴 수는 없다. 비록 당신이 지금 앞이 보이지 않는 어둠 속을 걷고 있다고 하더라도 당신 가슴속에서 흔들거리고 있는 희망의 불씨를 절대 꺼트리지 마라. 매일매일 그 희망의 불씨에 기름을 가져다 부어라. 그러다 보면 그 불씨는 요원의 불꽃처럼 피어올라 당신 앞에 놓인 세상을 훤하게 밝히게 될 것이다.

수입이 충분치 않더라도 강제로 일부분을 떼어 내어 미래 희망을 위해 저축해라. 저축액이 많고 적음은 문제 되지 않는다. 저축은 곧 미래 희망에 대한 준비의 표현이기 때문이다. 희망을 가졌느냐 아니냐? 희망을 실현하기 위한 준비를 시작했느냐 아니냐? 하는 의미가 더 중요하다.

비록 적은 금액이라도 저축하고 있는 사람은 미래에 대한 꿈이 있고, 그 꿈을 실현하기 위한 구체적인 계획이 있고, 그 계획을 실현하기 위한 예산을 준비하고 있다는 사실을 증명하고 있는 것이다. 그래서 그러한 사람들의 장래는 지금보다 훨씬 더 좋아질 거라는 확신을 가질 수 있다. 그리고 희망을 향해 꿈길을 걷고 있는 그들의 오늘 역시 행복하게 된다.

사람들은 자신의 미래가 현재보다 더 나아질 거라는 희망을 품고 살 때 행복을 느낀다. 비록 지금은 춥고 배고픈 시간을 견디고 있을 지라도 훈훈한 봄이 멀지 않았다는 희망이 있다면 능히 그 겨울을 이겨 낼 수 있다. 또 그렇게 추운 겨울이 있었기에 돌아온 봄날은 더욱 따뜻하게 느껴질 것이다.

저축은 우리들 삶 속에서 매우 중요한 의미를 가진다. 세찬 눈보라 속에서도 희망의 끈을 놓지 않고 꿈을 향해 나아가고 있는 자신을 지탱해 줄 수 있는 버팀목이 바로 저축이기 때문이다.

그러하니 아들아! 비록 적은 금액이라도 당장 저축을 시작해라. 네 앞에 열려 있는 무한한 가능성을 포기하지 말고 마음껏 꿈꿔 보아라! 네가 가게 될 꿈길을 3년 내지 5년 단위로 나누어서 계획해 보고 저축을 통해 필요한 예산 준비를 시작하라.

매일매일 꿈으로 가는 걸음을 멈추지 말고 천천히, 그렇지만 완벽하게 네가 꿈꾸고 있는 행복한 세상으로 걸어 들어가라!

"시작이 반이다."라는 옛날 속담과 같이 그렇게 꿈을 품고 저축을 시작하면 반드시 열매를 얻을 수 있을 것이다. 그리고 꿈으로 향하는 길 위에 있을 너의 삶은 꿈길을 걷듯이 행복할 것이다.

남들과 비교 말고 형편대로 행복하게…

한때는 "누가 나이키를 신는가!"란 광고가 유행하며 이 세상이 비싼 나이키 신발을 신는 계급과 싸구려 신발을 신는 계급으로 구분된 적이 있었다.

또, '등골브레이커(부모의 등골이 휠 정도로 비싼 의류란 뜻의 신조어)'란 신조어가 나오기 시작한 10년 전부터 10대 청소년들 사이에서는 그들이 입는 겨울 패딩의 가격대와 브랜드를 기준으로 '찌질이'부터 '양아치', '대장'에 이르기까지 서열이 매겨지기 시작했다.

그래서 저급 패딩을 입고 있는 아이들은 친구들이 입고 다니는 고급 패딩을 사 달라고 부모님께 떼를 쓰고 부모들은 자신의 자녀가 옷 때문에 친구들 사이에서 무시당할까 봐 무리해서라도 고급 패딩을 사 주게 되면서 등골이 휘게 되었다는 것이다.

청소년들은 패딩 서열을 기준으로 친구들을 구분하여 무리 짓고 끼리끼리만 어울리며 자신보다 서열이 낮은 집단을 조롱하기도 한다. 그래서 청소년들은 서로 높은 서열에 소속되려고 부모님 등골을 휘게 해서라도 위세 경쟁에 참여하지 않을 수 없다는 것이다.

이러한 잘못된 사회 풍조는 방탄소년단이 2014년에 부른 '등골브레이커'란 노래 가사에도 잘 반영되어 있다. 여기서 그 내용을 조금만 소개하면 다음과 같다.

〈등골브레이커〉

-방탄소년단(2014. 2. 12. 발매)-

"수십짜리 신발에 또 수백짜리 패딩
수십짜리 시계에 또 으스대지 괜히
교육은 산으로 가고 학생도 산으로 가
21세기 계급은 반으로 딱 나눠져
있는 자와 없는 자

신은 자와 없는 자

입은 자와 벗는 자

또 기를 써서 얻는 자

이게 뭔 일이니 유행에서 넌 밀리니?

떼를 쓰고 애를 써서 얻어 냈지, 찔리지?

가득 찬 패딩 마냥 욕심이 계속 차

휘어지는 부모 등골을 봐도 넌 매몰차

친구는 다 있다고 졸라 대니 안 사 줄 수도 없다고

(Ayo baby) 철딱서니 없게 굴지 말어

그깟 패딩 안 입는다고 얼어 죽진 않어

패딩 안에 거위털을 채우기 전에

니 머릿속 개념을 채우길, 늦기 전에

Wow 기분 좋아 걸쳐보는 너의 dirty clothes

넌 뭔가 다른 rockin, rollin, swaggin, swagger, wrong!

도대체 왜 이래 미쳤어 baby

그게 너의 맘을 조여 버릴 거야, dirty clothes

......"

　나는 이 곡이 발표된 2014년에만 하더라도 방탄소년단의 존재를 전혀 모르고 있었고 그들이 월드스타로 뜨게 된 최근까지도 그들이 왜

아버지가 아들에게 전하고 싶은 주례사

그렇게 인기가 많은지 이해하지 못했다. 하지만 최근에 이 곡의 가사를 보며 방탄소년단이 왜 오늘날의 월드스타가 될 수밖에 없었는지 짐작할 수 있게 되었다. 그들은 노래도 잘 부르고 안무도 좋지만 이런 가사를 노래에 담을 만큼 건전한 생각을 가진 멋진 청소년들이었기에 누구나 사랑하지 않을 수 없을 거라는 생각이 든다.

나는 그 노래 가사들 중에서 특히 다음과 같은 구절에서 잘못 돌아가고 있는 구매 의사 결정에 대한 커다란 깨달음을 얻게 되었다.

"친구는 다 있다고 졸라 대니 안 사 줄 수도 없다고

(Ayo baby) 철딱서니 없게 굴지 말어

그깟 패딩 안 입는다고 얼어 죽진 않어

패딩 안에 거위털을 채우기 전에

니 머릿속 개념을 채우길, 늦기 전에"

위의 가사에서도 볼 수 있듯이 청소년들이 부모들 등골을 휘게 하면서도 구매하고자 열광하는 그 이유는 패딩 본연의 기능인 추위를 막기 위함이 아니다. 그들이 패딩 가격을 기준으로 서열화한 집단들 중에서 무시 받지 않을 집단과 동료가 되고 싶다는 목적 하나를 위한 것이다.

나는 이러한 점을 생각하며 자신의 필요가 구매의 목적이 되지 못하고 남들과 비교가 목적이 되는 잘못된 구매 습관이 청소년들 머릿속에 자리 잡고 있는 현실에 우려를 금치 못하게 되었다.

남들과 비교에 의한 구매는 궁극적인 만족을 주지 못한다. 아무리 큰돈을 주고 비싼 패딩을 입고 있다고 해도 그것을 통해 얻을 수 있는 기쁨은 겨울철 혹한기 며칠 동안뿐이다. 그가 고작 느낄 수 있는 행복은 같은 옷을 입는 친구들과 동료 의식을 느끼고 자기보다 못한 집단을 깔보며 즐기게 되는 왜곡된 행복뿐일 것이다.

이 세상에서 영원한 명품은 없다. 기업들은 매일같이 더 세련되고 더 비싼 물건들을 경쟁적으로 쏟아 낸다. 당분간 자신이 입고 있는 패딩이 제일 좋아 보일지 몰라도 얼마 지나지 않으면 더 비싸고 더 품질 좋은 제품이 넘쳐 날 것이고 자기 패딩은 곧 구닥다리 취급을 받으며 한참 뒤로 서열이 밀리게 될 것이기 때문이다.

이병철, 정주영 등 정말로 돈 많은 재벌 오너들은 명품을 밝히지 않는다. 그들은 일부러 비싼 명품 옷을 입지 않고 싸구려 옷을 입고 있어도 감히 그들을 가난뱅이로 손가락질할 사람이 없기 때문이다. 명품은 포장지에 신경 쓰지 않아도 된다. 짝퉁이 싼 티를 감추려고 포장에 신경 쓰는 것이다.

우리들의 가치도 이와 마찬가지다. 우리가 스스로의 가치에 대해 확신이 없으면 다른 사람들의 눈에 자신이 어떻게 비칠지 불안해진다.

그래서 괜히 겉모습을 치장하고 유행에 민감해지고 남들이 사는 모습을 곁눈질하며 남들과 같아지려고 애쓰게 된다. 하지만 그렇게 살게 되면 진정한 자신을 잃는다. 자신의 개성을, 자신의 기호를, 자신의 가치를, 자신의 필요를 잃어버리게 된다.

물건을 살 때 가치 판단은 개인들의 주관적인 필요와 선호에 의해 결정되어야 한다. 내가 사는 물건에 대한 다른 사람들의 생각은 고려할 가치가 없다. 내가 살 물건의 대가는 내가 힘들게 벌어 온 수입을 희생하여 치르게 된다. 그래서 나의 필요를 충족해 줄 수 있는 물건을 선택하고, 내가 구매하며 지불하는 돈의 대가보다 구입해 얻게 되는 물건의 가치가 더 크다고 느껴질 때 구매하면 된다.

다른 사람들은 나와 처한 환경이 각기 다르고 필요로 하는 물건들도 다르고 경제력도 다르다. 그래서 각자 나와 다른 자기 나름의 라이프스타일을 만들며 살아가고 있다.

때문에 그들과 비교할 필요가 전혀 없다. 내가 구매하는 물건은 오

171

직 내가 처한 환경과 오직 나만의 필요 그리고 나만의 기호를 반영해서 결정해야 한다. 그리고 그러한 소비를 통해 나만의 독특한 라이프 스타일을 창조해 나가야 한다.

　다른 사람들이 내 인생을 대신 살아 줄 수 없다. 다른 사람들이 내가 사는 물건 값을 대신 내어 줄 수도 없다. 내 인생은 오직 나의 것이다. 그래서 남들과 비교할 필요 없이 그냥 내 형편에 맞게 행복하게 살면 된다.

아버지가 아들에게 전하고 싶은 주례사

적게 시작해서 크게 키워라

우리들은 야구 경기를 보다 보면 가끔씩 보는 이들을 한순간에 감동의 도가니로 몰아넣는 짜릿한 역전 홈런!을 볼 수 있다. 우리들은 지루한 공방전을 벌이며 9회 말 투아웃까지 답답하게 꽉 막혀 있던 경기가 경쾌한 타구 음을 내며 창공으로 뻗어 나가는 단 한방의 홈런으로 시원하게 뚫리는 그 장면을 보면서 십년 묵은 체증이 다 내려가는 것 같은 시원함을 느끼게 된다. 그래서 우리들 인생에서도 구질구질한 현재의 삶을 단 한 번에 역전시킬 홈런 한방을 갈구하게 되는 것 같다.

그래서 사람들은 1등 당첨 확률이 두 번 연달아서 벼락을 맞을 확률보다 낮은 로또복권을 사며 이번 주 1등 당첨자의 주인공이 자신이기를 조심스럽게 마음속으로 빌어 보기고 하고, 주식으로 큰 부자가 된 사람들의 이야기를 들으며 불나방처럼 주식시장에 뛰어든다. 하지만 그들의 최후는 보통 가진 돈을 모두 털리고 쪽박이 된 후 끝난다.

이 세상에 공짜는 없다! 자신의 피나는 노력 없이 그냥 우연히 하늘에서 돈다발이 뚝 떨어져 부자가 되는 그런 일은 일어나지 않는다. 이 세상에 일확천금도 없다. 통 크게 한번 투자해서 왕창 돈을 벌어들일 수 있는 곳은 투전판밖에 없다. 하지만 투전판에 발을 들인 도박 중독 자들의 최후는 비참하다. 그러하니 가능한 빨리 대박이니 한방이니 하는 비현실적인 꿈에서 깨어나라.

부자들은 가난한 사람들이 쉽게 무시하며 낭비해 버리는 그러한 돈들을 눈덩이처럼 굴려 마침내 큰 재산으로 불려 나가는 그런 끈질긴 사람들이다.

비록 당장은 얼마 되지 않는 적은 금액일지 몰라도 함부로 낭비하지 아니하고 씨드머니(seed money)로 사용한다면 복리의 마법에 따라 엄청난 큰 금액으로 불어난다는 믿기 어려운 사실은 '카페라테 효과(Cafe Latte Effect)'를 세상에 처음 소개하면서 베스트셀러가 된 미국의 재테크 전문가 데이비드 바흐(David Bach)의 《자동적 백만장자 The

아버지가 아들에게 전하고 싶은 주례사

Automatic Millionaire》(2004)란 책에서도 쉽게 확인할 수 있다.

여기서 이야기하는 '카페라테 효과'란 하루 카페라테 한 잔씩 마시는 돈만 절약해도 확실하게 목돈을 마련할 수 있다는 개념이다. 데이비드 바흐의 주장에 따르면 커피 한 잔의 가격을 약 4달러(약 4,200원)로 가정할 때 이를 30년 이상 복리로 저축하면 약 18만 달러(약 2억 원) 이상의 목돈을 마련할 수 있다는 것이다.

이러한 주장은 하루 담뱃값을 꾸준히 모으면 목돈을 만들 수 있다는 '시가렛 효과(Cigarette Effect)'란 유사 개념과 함께 우리들에게 작은 돈이라도 장기간 저축하면 큰돈이 된다는 복리의 마법을 잘 설명해 주고 있다. 또 작은 돈이라도 함부로 낭비하지 말고 장기간 저축하는 습관을 기르는 것이 우리들 인생에서 얼마나 중요한 일인지를 잘 강조해 주고 있다.

신혼 초부터 남들 눈을 의식하여 필요 이상으로 큰 아파트를 마련하고 대출 이자 부담에 시달리는 어리석은 사람들을 볼 수 있다. 살림집은 그 집에 살게 되는 사람들의 라이프사이클이나 라이프 스타일에 어울리게 마련해야 불필요한 낭비가 없고 생활하기 편리한 법이다. 신혼 초라 자녀도 없고 부모님을 모시지도 않는다면 단둘이서 오붓하게 지내기에 적합한 방 2개의 아담하고 직장 가까운 집이 어울리는 집일 것이다.

그런데도 다른 사람들에 대한 시선이나 지나친 욕심 때문에 30평대 이상의 새로 지은 아파트를 무리해서 장만하게 되면 과도한 대출금에 대한 이자 부담과 집 크기에 맞추어 장만하게 될 대형 가전제품과 가구들 그리고 과중한 관리비 부담 등으로 출발부터 허리가 휘게 된다.

또 집을 전세로 마련하였다면 2년 후 계약 갱신 시 올려 주어야 할 전세금 인상분 부담 또한 결코 무시할 수가 없다. 최근 서울의 경우 전세금 상승 폭이 장난이 아니어서 2년 후 계약 갱신 시에는 자신이 벌어들일 수 있는 연봉보다 더 많은 금액을 올려 주어야 할지도 모른다. 만일 요구 받은 전세금 인상이 불가능해진다면 하는 수 없이 살고 있던 집보다 더 적은 평수로 이사할 수밖에 없는데, 그렇게 될 때 느끼게 될 자괴감과 불쾌감은 달콤했던 신혼 분위기에 적지 않는 먹구름이 될 수도 있을 것이다.

반면에 위의 사례와 똑같은 금액의 예산을 사용하더라도 처음부터 신혼살림 규모에 어울리는 지은 지 조금 되는 아담한 집을 구매했더라면 시간이 지나도 그 집에 계속 살 수 있어 안정적인 생활이 가능했을 것이고, 집값 상승분으로 이자 부담을 충분히 커버하고도 남을 만큼 재산 축적이 되었을 것이다.

그래서 출발은 위의 사례보다 조금 작게 시작되었지만 시간이 지난 후에 재산 형성은 훨씬 더 크게 되었을 것이고 주거 안정과 재산 증가 등으로 부부가 느끼는 행복감은 점점 더 커져 갈 것이다. 그래서 처음에는 작게 시작해서 크게 키우는 방향을 선택하는 것이 지속적인 행복감을 키울 수 있는 더 좋은 선택이 될 것이다.

이런 이야기를 하면 꼰대 소리 들을 수도 있겠지만 우리 부부는 결혼 초에 방 2개짜리 주택 전세로 시작해서 15평 아파트 구입, 29평 아파트로 확장, 32평 아파트로 확장, 54평 아파트로 확장의 과정을 거치며 집을 옮길 때마다 좀 더 부자가 되어 가고 있다는 성취감과 희망을 느낄 수 있었다. 그래서 이사 후 며칠 동안 설레는 가슴을 진정시키지 못하고 밤잠을 설쳤던 행복한 추억이 떠오른다.

우리 부부가 만일 이러한 단계적 발전의 각 과정을 생략하고 무리하게 대출을 받아서 바로 54평 아파트 전세로 시작했다면 그러한 행복한 순간들을 누릴 수 있었을까? 아마 행복한 순간들보다는 살림이 내리막으로 기우는 것 같은 불행한 감정들을 더 많이 느꼈을 것이다.

이치가 이러하기 때문에 처음에는 작게 시작해서 가능하면 여러 단계를 거쳐 지속적으로 발전해 나가는 것이 더 현명한 방법이 아닌가 생각된다. 그렇게 한다면 각 발전 단계마다 성취의 기쁨을 빠짐없이 맛보면서 행복하게 살아갈 수 있을 것이다.

아버지가 아들에게 전하고 싶은 주례사

탐나는 물건보다 필요한 물건을 사라

　지금 우리들은 소비가 미덕인 세상을 살아가고 있다. "나는 소비한다. 그러므로 나는 존재한다."라는 말이 유행되고 사람들은 소비를 통해 자신의 존재를 세상에 드러내려고 한다. 소비를 통하여 자신의 지위를 과시하고, 소비를 통하여 자신의 욕구를 만족시키고, 소비를 통해 자신의 능력을 표현한다.

　대량생산과 대량 소비가 밑받침되어야만 존속 가능한 기업들은 지속적인 신제품 개발과 대량 광고를 무기로 일반 대중들의 지속적인 소비를 유혹하고 있다.

　그러다가 특정 기업의 상품 수요가 포화점에 도달하게 되면 갑자기 새로운 유행의 바람을 일으켜 새로운 유행에 편승하지 않으면 시대에 뒤떨어진 사람으로 취급받을까 두려워진 사람들에게 비합리적 소비를 부추긴다. 자기 주관이 확고하지 못해 항상 유행에 민감한 소비자들은 멀쩡하게 사용할 수 있는 기존 물건들을 버리고 최근에 유행하고 있는 물건을 구매한다.

기업들은 돈은 나중에 할부로 받을 거니까 물건부터 가져가라고 호의를 베푸는 시늉을 한다. 1+1으로 하나를 더 주겠다는 유혹도 제시한다. 그래서 우리들은 이러한 유혹들을 외면하기 힘들다.

이러한 유혹을 참지 못하고 구입한 물건들은 대부분 집 구석구석을 가득 채우게 될 뿐이고 그 물건을 구입한 사람에게 물건 값에 상응하는 행복을 주지 못한다.

필요해서 구매한 것이 아니라 탐이 나서 구매한 물건은 구매 행위가 끝나는 즉시 더 이상 즐거움을 주지 못한다. 그것은 우리들이 필요한 물건이기보다는 우리들이 그냥 사고 싶은 물건이었기 때문에 물건을 사서 소유하는 순간 그 물건을 가지고 싶은 욕망도 사라져 버리기 때문이다. 그래서 그러한 물건들은 실제로 생활에 잘 사용되지 못하고 이리 뒹굴 저리 뒹굴 하다가 마침내 창고로 들어가서 먼지를 뒤집

아버지가 아들에게 전하고 싶은 주례사

어쓴 채 쌓여 있게 된다.

구매 결정을 할 때는 이 물건이 꼭 필요한 것인지 숙고하여야 후회하지 않는다.

아무리 품질이 좋고, 최신 유행을 반영하고 있는 탐나는 물건이라 할지라도 내 생활에 당장 필요하지 않거나 자주 쓸 기회가 없다면 구매하지 말아야 한다.

무이자 24개월의 유혹이나, 1+1 할인, 폭풍 세일 등등의 방법으로 필요 이상 많은 양의 물건을 떠넘기려는 판매자의 유혹에 절대 넘어가면 안 된다.

아무리 싼 가격이라 하더라도 필요 이상의 물건을 사게 되면 보관 과정에서 변질되거나 진부해져 버리게 될 확률이 높다. 그렇게 된다면 할인 받은 금액 이상의 loss가 생겨 오히려 더 비싸게 산 결과가 될 수도 있다.

그리고 불필요한 물건들이 잔뜩 쌓여서 집 안이 복잡해지는 불편도 감수해야 할 것이다. 최근 수도권 아파트 시세를 기준으로 본다면 한

평에 3천만 원이 넘는 돈을 주고 구입한 아파트 공간인데 그러한 공간을 불필요한 잡동사니를 쌓아 놓는 용도로 쓰고 있으니 이 얼마나 낭비인가?

그렇기 때문에 마트에 갈 때는 반드시 미리 구매 목록을 만들어서 그 물건만 사고 바로 나오도록 해야 한다. 마트를 한 바퀴 빙 돌며 사야 할 물건들을 찾게 되면 가는 길목에 전시된 세일 제품들에 걸려 넘어질 확률이 매우 높다. 그 결과 자칫 잘못하면 당초 사려고 했던 물건은 사지 못하고 엉뚱한 물건들만 잔뜩 카트에 담아 나오게 되는 어리석은 소비자가 될 수도 있다.

그러하니 아들아! 그리고 새아가! 너희들은 탐나는 물건보다 생활에 꼭 필요한 물건들을 구매하고, 대량 소비를 부추기는 판매원들의 세일 유혹에 넘어가지 않았으면 좋겠다. 그리고 꼭 필요한 양만 꼭 필요한 시기에 구매하는 현명한 소비자가 되었으면 좋겠다.

아버지가 아들에게 전하고 싶은 주례사

구매보다 활용에 욕심내라

본래 재화(사람이 바라는 바를 충족시켜 주는 모든 물건)라는 것은 그것이 실생활에서 사용될 때 기쁨을 주는 것이지 소유만 해도 기쁨을 주는 것은 아니다.

예를 들면 사과는 소유만으로는 우리들에게 충분한 기쁨을 주지 못한다. 우리들이 사과를 먹으며 그 맛을 혀끝으로 느낄 때 비로소 기쁨을 느끼게 된다.

따라서 우리들이 소유하게 되는 물건들로부터 가능한 많은 기쁨을 누리기 위해서는 소유와 동시에 효과가 끝나 버리는 구매를 늘리기보다는 사용하는 동안 지속적으로 기쁨을 느끼게 하는 사용 빈도를 늘리는 방법이 더 효과적이다.

새로운 물건을 사고 싶은 생각이 들 때는 반드시 이미 내가 구매해서 보관하고 있는 유사한 물건이 있는지 조사해 보기를 권한다. 그렇게 하지 않으면 이미 보유하고 있는 물건을 중복 구매하여 불필요하게 돈만 낭비하는 일이 발생될 수 있기 때문이다.

좀 창피한 고백이지만 우리 집 서재에는 같은 제목 혹은 같은 내용이 담긴 책들이 중복으로 여러 권 보관되고 있다. 이는 책 욕심이 많은 아내가 보관 중인 책이 있다는 사실을 미처 알지 못하고 같은 책을 중복 구매한 결과이다. 이렇게 중복해서 구매한 책들은 나에게 아무런 기쁨을 주지 못하면서 돈만 낭비하게 된 잘못된 구매의 결과물일 뿐이다.

이런 일들을 피하기 위해서는 평소에 수시로 자신이 소유하고 있는 물건들을 정리하며 자기가 가지고 있는 물건이 무엇이며 추가로 필요한 물건들은 무엇인지를 상세하게 파악하고 있어야 한다. 그리고 새로운 물건의 구매에 앞서 자신이 이미 가지고 있는 물건들을 어떻게 하면 더 자주 사용하며 기쁨을 극대화시킬 수 있을지를 먼저 궁리해야 한다.

예를 들어 요리하기 위해 필요한 식재료를 사러 마트로 달려가기 전에 먼저 냉장고 속에 보관하고 있는 재료로 요리해서 즐길 수 있는 요리가 무엇인지 연구해 보는 것이 더 합리적인 소비자의 자세이다.

주부들은 일반적으로 마트에서 식재료를 구입할 때 유효기간에 민감한 반응을 보이지만 정작 그 식재료를 실제로 요리에 사용할 시점에는 유효기간을 민감하게 관리하지 않는 것으로 안다.

식품의 유효기간이란 구매 시점에 필요한 것이 아니라 사용 시점을 기준으로 판단해야 되는 것이지만 정작 사용 시점에는 그것을 중요시하지 않는 모순적인 행동을 하게 된다.

그러하니 아들아! 그리고 새아가! 새로 물건을 사고 싶은 욕심을 줄이고 이미 가지고 있는 물건을 최대로 활용해 보려는 욕심을 가져라.

물건 구매를 통해 얻을 수 있는 기쁨은 구매 행위가 끝나는 순간 바로 사라져 버리는 일회성 즐거움만 주지만 물건 사용을 통한 즐거움은 그 물건을 사용할 수 있는 기간 내내 지속적으로 기쁨을 줄 수 있기 때문이다.

정리, 정돈, 청소를 습관화하라

현재 도시인의 삶은 끝없이 물건들을 구매하고 사용하며 그러한 물건을 살 수 있는 돈을 벌어 오는 순환 구조로 이루어지고 있다.

대량 소비를 유혹하는 현대 소비 사회에서는 대부분의 사람들이 필요보다 많은 물건들을 사게 되고 쓰다 남은 물건들을 아까워 버리지 못한다. 그래서 시간이 조금만 지나면 집안 구석구석에 불필요한 잡동사니들이 가득하게 된다. 새로운 물건 하나를 집으로 가져오면 그만큼의 물건을 소비해 버리거나 아니면 버려야 잡동사니들이 늘어나지 않는다. 하지만 우리는 집으로 가지고 들어오는 것에는 열중이지만 버리는 일에는 익숙지 않다.

그래서 집안은 항상 물건들로 넘쳐나고 필요한 물건 찾기에 많은 시간을 소비하게 된다. 운 좋게 필요한 물건은 찾았다 하더라도 그 물건은 먼지를 수북이 덮어쓰고 방치된 지 오래되어 제 기능을 발휘할 수 있을지 의문이 간다. 그래서 가지고 있는 물건들은 많지만 정작 쓸 만한 물건들은 적다. 새로운 물건을 둘 자리를 찾기도 쉽지 않다. 집이 이러한 상태가 되어 버리면 돈을 많이 쓰면서도 행복감은 떨어지게 된다.

물건들을 많이 소유하고 있다고 만족이 커지는 것은 아니다. 소유하고 있는 물건들이 우리들을 위해 최선의 서비스를 제공할 수 있어야 만족이 커진다.

물건들도 자신을 귀하게 취급하고 사랑으로 관리해 주어야 그것을 소유한 주인에게 최상의 서비스를 제공한다. 물건의 주인이 관심으로 돌보지 않고 방치해 버리면 그 물건은 이내 못쓰게 된다. 그렇기 때문에 가지고 있는 물건들은 언제라도 최상의 상태를 발휘할 수 있도록 청소하고 정비하여 항상 새것 같이 관리되어 있어야 한다.

물건들이 많다고 좋은 것은 아니다. 많은 물건을 쌓아 놓기보다는 필요할 때 언제든지 가져다 쓸 수 있는 똑똑한 물건 한두 개를 찾기 쉽

187

운 곳에 두는 것이 더 유용하다.

   그렇게 하기 위해서는 주기적으로 불필요한 물건들을 버리고 보관할 물건은 찾기 쉽게 정리, 정돈하는 작업을 습관화해야 한다.

   정리의 시작은 불필요한 물건들을 버리는 것에서 시작되어야 한다. 아깝다는 이유로, 비싸게 주고 샀다는 이유로, 언젠가는 필요할 것이라는 막연한 기대 때문에, 추억이 서려 있는 물건이란 이유 때문에 물건들을 버리지 못하고 지속적으로 축적해 나가는 사람들이 있다. 그러나 그러한 사람들이 이런저런 이유를 달아서 버리지 못하고 보관 중인 물건들은 단지 아까운 공간만 낭비하고 있을 뿐 생활에 별 도움이 못된다. 아니 도움보다는 오히려 피해를 주기 쉽다.

   물건을 정리할 때는 미련을 버리고 과감하게 버려야 한다. 최근 1년 혹은 3년간 사용한 적이 없다거나, 유효기간이 경과했다거나, 고장 등으로 작동이 되지 않는 물건들은 과감하게 버리거나 재활용 센터로 보내라. 그러한 물건들은 보유하면서 얻게 되는 기쁨보다 피해가 더 큰 물건들이다. 정리된 물건들이 차지하고 있던 공간을 자주 필요한 중요한 물건들에게 양보하라. 그렇게 하면 더 이상 물건을 찾느라 시간을 낭비하는 일은 없어질 것이다.

아버지가 아들에게 전하고 싶은 주례사

불필요한 물건을 버림으로써 정리 작업이 끝났다면 남겨진 물건들을 종류별, 사용 빈도별 등 효과적인 기준을 적용하여 사용하기 편리한 최적 위치에 위치시키고 빼어 쓰기 좋게 가지런히 정돈하라.

그리고 보관된 물건들은 항상 새것 같이 깨끗하게 청소하고 최상의 기능이 유지될 수 있도록 수시로 관리하라. 마치 마트에 가서 새 물건을 구매하듯 잘 정돈되고 잘 청소된 물건을 가져다 쓰는 것은 우리에게 큰 기쁨을 줄 것이다.

하지만 이렇게 정리, 정돈, 청소된 물건들이 항상 가지런히 그 자리를 지키고 있을 것이라고 착각하지는 마라. 우리들의 삶은 잠시도 중단 없이 움직이며 지속적으로 새 물건들을 구입하고 사용하고 축적하는 무한 반복적 사이클이다. 일회성 정리, 정돈, 청소 결과는 금방 허물어져 버리는 모래성에 가깝다.

비록 잠시 방치하면 허물어져 버릴 모래성이라 하더라도 지속적인 관심과 주기적인 관리만 계속된다면 멋진 모습을 유지할 수 있다. 우리들 삶도 이와 다를 바 없다.

우리들이 주기적으로 목욕과 이발을 하며 멋진 외모를 가꾸듯이 우리들이 보관하고 있는 귀한 물건들을 주기적으로 정리, 정돈, 청소하는 것을 습관화한다면 우리들의 소비생활은 항상 편리하고 아름답게 유지될 수 있을 것이다.

소유보다 경험에 투자하라

현대 자본주의 사회를 살면서 "최소 비용으로 최대 효과를"이라는 경제의 기본 원칙을 모르는 사람들은 아마 없을 것이라 생각된다. 그래서 대부분의 합리적인 소비자들은 한정된 자원을 최대한 효율적으로 사용하기 위해서 최소 비용으로 최대 효과를 얻으려고 최선을 다하고 있다.

물건 하나를 사더라도 인터넷의 가격 비교 사이트에 들어가서 가장 저렴한 공급자를 찾는다거나, 콩나물 천 원어치를 사면서도 시장 여기저기에 있는 상점들을 비교해 가면서 가격이 더 싸거나 품질이 더 좋은 곳을 찾아 헤맨다. 아내와 같이 시장을 가면 어떨 때는 좀 너무하다 싶을 정도로 각 상점의 가격과 품질을 상호 비교하며 다닌다.

그러다가 마음에 드는 물건을 발견하게 되면 서로 밀고 당기는 피곤한 심리적 줄다리기가 계속되는 흥정에 들어간다. 깎으려는 자와 방어하려는 자의 치열한 공방전이 한 차례 벌어지고 마침내 한 건의 구매가 일어나게 된다. 이렇게 아내는 물건 하나를 살 때도 최소 비용으로 최대 효과를 얻으려고 애쓴다.

아내는 이러한 쇼핑을 즐기는 것 같기는 하지만 그러한 과정에서 심리적 갈등과 에너지 소비가 많아 구매한 물건을 가지고 집으로 돌아오자 말자 장바구니를 던져 놓고 소파에 털썩 주저앉는다.

그리고 그렇게 최선을 다하여 사 온 물건들은 우리들에게 기쁨을 주지 못한 채 한참 동안 방치되어 시들어 간다.

이러한 모습들이 물건 소유를 통해 우리들이 경험하게 되는 기쁨의 모습이다.

물건 소유로 얻어지는 기쁨은 물건 구매 과정에서 발견한 싸고 좋은 물건을 장바구니에 주워 담으며 느끼는 횡재한 기분, 발품을 팔고 흥정을 잘해서 싸고 품질 좋은 물건을 소유하게 되었다는 기쁨이 거의 전부를 차지하는 것 같다. 그리고 구매 후 집에 도착해서는 갑자기 피곤이 몰려와서 정작 사 온 물건을 사용하며 느껴야 될 기쁨은 뒤로

아버지가 아들에게 전하고 싶은 주례사

미루게 된다.

물론 아내가 시장이나 마트에 가서 쇼핑을 하면서 돈을 쓰고, 다양한 사람들을 만나고, 이야기를 나누는 기쁨도 적지는 않는 것 같다. 스트레스를 쇼핑을 하면서 푼다는 사람들도 많다.

하지만 이러한 과정을 통해 물건을 구매하고 소유함으로써 얻어지는 기쁨들은 그 지속 기간이 극히 짧은 일회성 즐거움에 그친다.

물건을 구매하는 비용으로 여행을 한다면 평생 동안 잊지 못할 아름다운 추억을 남길 수 있다. 그 추억은 평생을 걸쳐 수시로 떠올리며 반복적으로 행복감에 젖을 수 있는 값진 즐거움을 준다.

물건을 구매하는 비용으로 영화를 보는 것도 여행과 비슷한 효과를 가져다준다. 영화 감상 역시 영원히 기억 속에 남을 진한 감동을 남기기 때문이다.

물건을 구매하는 비용으로 스노클링과 같은 재미난 액티비티에 참가하는 것 역시 영원히 기억될 경험을 남기게 되고 그 느낌은 평생 동안 사라지지 않을 아름다운 추억이 된다.

이러한 점들을 생각해 보면 여행이나, 영화 감상, 액티비티 참가 등 경험에 돈을 쓰는 것이 같은 금액의 물건을 사는 것 보다 우리들에게 훨씬 더 오래 지속되는 더 큰 즐거움을 주는 것 같다.

따라서 같은 비용이면 물건 소유에 투자하는 것보다 경험에 투자하는 쪽이 "최소 비용으로 최대 효과를"이라는 경제 기본 원칙에 더 잘 맞는 합리적인 소비 방법이라는 것이 자명해질 것이다.

그러니까 아들아! 너희 부부는 물건을 소유하고자 하는 부질없는 욕심을 조금 내려놓고 가능하면 더 많은 경험을 얻는 데 투자하여 아름다운 추억을 많이 만들며 행복하게 살아갔으면 좋겠다. 나이가 많이 들어 황혼에 이르게 되면 부부가 같이 추억할 경험이 하나도 없는 물건 부자보다는 나란히 마주 누워 밤새도록 이야기할 추억거리가 많은 경험 부자, 추억 부자들이 더 행복한 삶을 즐길 수 있을 것이기 때문이다.

CHAPTER 7

미리 받는 부모 교육

부모가 된다는 건…

　부모가 된다는 것은 한 사람이 생애에서 경험할 수 있는 축복들 중 가장 큰 축복이자 인간으로서 경험할 수 있는 가장 놀라운 기적이다.

　생명을 탄생시킨다는 것은 인간이 할 수 있는 일이 아니다. 그것은 신이 인간에게 부여한 소중한 축복이자 신이 만들어 낸 놀라운 기적이다.

　겉모습도 기질도 자신과 쏙 빼닮은, 마치 자신의 분신과도 같은 새로운 생명을 낳아 기르며 그 자녀가 홀로 자립할 수 있을 때까지 보살피는 부모가 된다는 것은 인간이 할 수 있는 가장 숭고한 일이며 신으로부터 부여받은 위업이다.

아버지가 아들에게 전하고 싶은 주례사

자녀를 낳아 기른다는 것은 인류의 번성과 앞으로 다가오는 세계를 건설하는 일에 참여하는 사명과 책임을 다하는 것이다.

태초로부터 조상님들과 부모님을 거쳐 오늘날 나에 이르기까지 수천 년의 세월을 면면히 이어져 내려온 이 유전자 릴레이를 내 마음대로 중단시킬 수는 없다. 이는 태초부터 유전자 릴레이를 있게 한 조물주의 의도에 반하는 행위이며 내가 조물주로부터 전달받은 책임과 사명에 반하는 행위이기 때문이다.

부모의 역할은 이 세상에 존재하는 다양한 역할들 중에서 가장 고되고 힘들면서도 가장 중요한 역할이다. 부모들이 역할을 어떻게 수행하느냐에 따라 부모 자신은 물론이고 자녀들에게도 결정적인 영향을 미치게 되기 때문이다.

부모와 자녀는 서로의 인생을 마주 비추는 두 개의 거울이다, 부모는 자녀에게서 자신의 못 다한 꿈을 실현시키려고 노력하고, 자녀는 부모의 등 뒤를 보고 자라기 때문에 부모의 인생을 그대로 답습하거나 그렇지 않으면 반발심으로 부모와 정반대의 삶을 선택한다.

자녀를 기른다는 것은 단순히 자녀에게만 영향을 미치는 것이 아니다. 자녀를 기르는 과정에서 부모들의 인격도 완성되어 간다. "너희들도 자식 낳아 길러 봐라. 그러면 내 마음 알게 될 거다."라는 부모님의 말씀 속에는 부모님의 자녀로 살아갈 당시 제대로 하지 못했던 자식된 도리를 먼 훗날 부모가 되어서야 깨닫게 될 것이라는 예언이 숨어 있다.

우리는 이렇게 자신이 자식일 때는 몰랐던 것들을 부모가 되어 자식을 키우면서 알게 되고 자식을 키우면서 좀 더 인간적으로 성숙해진다. 부모님으로부터 받은 한없는 사랑도 부모님께는 다 갚지 못하고 자식들을 통하여 갚게 된다.

우리들이 평생 동안 만들어 낸 발자취들 중 최고의 걸작은 자신이 길러 낸 자녀들이다. 이는 조상들로부터 이어받은 유전자를 더 나은 유전자로 개선해서 후손들에게 남기게 되는 일생일대의 작품이기 때문이다.

부모가 된다는 것은 신으로부터 받은 엄청난 축복이며, 인간으로 경험할 수 있는 가장 놀라운 기적이며, 조상들로부터 건네받은 막중한 사명이며, 일생일대의 작품을 만들며 완전한 인간으로 성장해 가는 뜻깊은 여정이다.

아버지가 아들에게 전하고 싶은 주례사

그렇기 때문에 부모가 되는 것을 너무 쉽게 생각해서는 안 된다. 젊은 날의 순간적인 격정을 참지 못해 이루어진 남녀 간의 영혼 없는 육체적 사랑의 결과로, 혹은 새 생명에 대한 책임감이나 각오도 느낄 줄 모르는 미성숙한 인간이 실수로 생명을 탄생시키는 무책임한 행동은 이 세상에 커다란 죄악을 낳는 것이다.

최근 언론을 통해 국민적 공분을 금치 못하게 했던 '정인이 사건(정인이를 입양한 양부모들의 상습적인 폭행과 아동 학대 신고를 받은 관련 기관들의 대응 미흡으로 생후 16개월 밖에 되지 않은 한 어린 생명을 사망에 이르게 한 사건)'을 통해서도 부모 될 자격을 갖추지 못한 미성숙한 사람이 부모가 되는 것이 얼마나 위험한 것인지를 짐작할 수 있다.

부모가 되기 전에 먼저 자신을 돌아보며 과연 자신에게 전적으로 의존하며 일상생활에 어려움을 가중시킬 새 생명을 길러 낼 준비와 각오가 되어 있는지 자문해 보아야 한다.

여기에서 이야기하는 준비는 일반적으로 세상 사람들이 생각하고 있는 양육과 교육비에 충당할 충분한 자금을 마련하는 것이나, 안정적인 주거 공간을 마련하는 그러한 물질적 준비가 아니다.

여기에서 내가 이야기하고자 하는 준비는 신의 축복에 의해 기적적으로 자신에게 와 준 소중한 생명을 키워 내기 위해서 자신이 할 수 있는 모든 수고와 희생을 다할 각오가 되어 있느냐는 것이고, 자신에게 맡겨진 새 생명이 스스로의 힘으로 자립할 수 있을 때까지 책임지겠다는 마음의 준비를 말하는 것이다. 만일 이러한 준비가 되어 있지 않다면 차라리 새로운 생명을 초대하지 않는 것이 더 나은 선택이다.

부모가 가지게 되는 모성애나 부성애 등은 우리들 뇌 속에 미리 프로그램 되어 있는 타고난 본능이다. 하지만 그러한 본능만으로는 충분히 부모가 될 준비가 되었다고 말할 수 없다. 부모가 자녀에게 해 주어야 할 역할이나 부모로서 갖추어야 할 품성 등은 저절로 얻어지는 것이 아니기 때문이다. 부모 역할도 배움이 있어야 제대로 할 수 있다.

한집에 삼대가 모여 살았던 예전의 가족 문화에서는 별도로 부모 역할에 대해 교육을 받을 필요가 없었다. 그 당시에는 한집에 사는 어른들이 하는 것을 보며 일상에서 자연스럽게 부모 역할을 배울 수 있었기 때문이다.

하지만 지금은 상황이 많이 달라졌다. 최근에 통계청이 발표한 2019 인구주택총조사 결과에 따르면 우리나라 총 2034만 가구는 1인

가구(30.2%), 2인 가구(27.8%), 3인 가구(20.7%), 4인 가구(16.2%), 5인 이상 가구(5.0%)로 구성되어 있다고 한다.

1~2인 가구가 전체 가구의 절반 이상을 차지하고 있는 현대 사회구조에서는 부모의 역할을 일상생활을 통해 배울 수 있는 기회를 기대할 수 없고 관련 서적을 통해서 혹은 관련 강좌를 통해서 개인적으로 준비하는 수밖에 없다.

그럼에도 불구하고 부모가 되고자 하는 사람은 누구나 부모 교육 등을 통하여 부모들이 갖추어야 할 기본 소양과 부모들의 역할에 대한 지식을 반드시 갖추도록 노력해야 할 것이다. 그것이 신이 자신에게 보여 준 놀라운 기적과 신으로부터 받은 엄청난 축복에 보답하는 첫 발자국을 떼는 일이기 때문이다.

걸림돌 부모/디딤돌 부모

자녀들에게 미치는 영향을 기준으로 할 때 이 세상의 모든 부모들은 걸림돌 부모와 디딤돌 부모 그리고 아무런 영향도 주지 못하는 부모 이렇게 세 부류로 나누어 볼 수 있다.

걸림돌 부모는 자녀들의 자연스러운 성장에 걸림돌이 되는 부모로, 자녀들의 개성을 말살하고, 자녀들의 성장을 제한하며, 자녀들의 도전이나 발전을 가로막는 부모를 말하고,

디딤돌 부모는 부모 자신의 희생과 응원이 디딤돌이 되어 자녀들의 성장과 발전을 적극적으로 지원하는 부모 유형을 말한다.

아버지가 아들에게 전하고 싶은 주례사

아무런 영향도 주지 못하는 부모는 자녀들에 대한 관심이 없어 자녀들을 방치하여 키우거나 올바른 지원 능력 부족으로 자녀들의 앞날에 영향력을 행사하지 못하는 부모를 말한다.

부모는 아이들과 같이 생활하며 무심코 던진 말 한마디가 아이들의 장래에 얼마나 지대한 영향을 미치게 되는지 잘 알지 못한다. 하지만 아이들은 자신의 행동에 대한 부모의 반응을 수시로 관찰하며 자신의 행동 방향을 설정하고 스스로의 인생 모델을 만들어 간다. 그리고 그렇게 만들어진 인생 모델은 자녀들의 인생이 된다. 부모들이 무심코 던진 말 한마디가 자녀들의 인생을 결정한다. 그래서 부모의 말과 행동은 중요하다.

우리들이 자녀의 미래에 디딤돌이 되는 좋은 부모가 되려면 어떤 덕목을 갖추어야 할 것인가?

2017년 육아정책연구소가 20~50대 성인 1,000명을 조사해 발표한 〈한국인의 부모 됨 인식과 자녀 양육관 연구〉에 따르면 좋은 부모가 되기 위한 덕목 1위는 경제력(21.8%), 2위 자녀 소통(18.8%), 3위 인내심(18.7%) 등으로 나타났고, 바람직한 부모가 되는 데 가장 큰 걸림돌 역시 1위가 경제력(33.1%)이고 2위는 세대 차이(16.5%), 3위 권위적 태도(15.5%) 등으로 조사되었다. 이러한 결과를 보면 조사에 참여한 사람 대부분이 자녀가 원하는 것을 금전적으로 지원해 줄 수 있는 사람을 좋은 부모로 생각하고 있다는 사실을 알게 된다. 이러한 사실은 사교육비 부담이 과중한 우리나라 육아 환경의 특수성을 반영하고 있는 결과이긴 하지만 돈으로 모든 것을 해결하려는 부모들의 편향된 양육관을 보여 주고 있는 것 같아 몹시 씁쓸한 마음이 든다.

내가 생각하는 걸림돌 부모는 자녀들이 꿈을 펼칠 수 있도록 경제적인 뒷받침을 해 주지 못하는 부모가 아니라 자녀들이 애초부터 꿈조차 꾸지 못하도록 꿈과 의욕의 싹을 잘라 버리는 부모이다.

부모들은 평소 자녀들과의 대화를 통하여 자녀들의 꿈과 의욕에 중요한 영향을 미치고 있다. 하지만 정작 부모들은 자신의 말이 자녀들에게 어떠한 영향을 주고 있는지 알지 못한다. 부모가 무심코 던진 말한마디가 자녀들 가슴속에서 움트고 있는 꿈과 의욕의 싹을 말라 죽게도 하고 큰 나무로 자라나게도 한다.

《부모 역할 훈련(Parent Effectiveness Training)》이란 책을 출간하며 부모 교육 분야에 큰 족적을 남긴 미국 심리학자 토마스 고든의 '부모-자녀 간의 의사소통 걸림돌 12가지'를 참고하면 다음과 같은 사실을 알 수 있게 될 것이다.

1. 명령, 강요: '너는 반드시 …을 해야 한다.'

자녀는 부모의 소유물이 아니라 한 사람의 독립된 개체이다. 하지만 걸림돌 부모는 자녀에게 자신의 지시에 무조건 따르라고 강요하고 명령한다. 이러한 행동은 자녀들에게 공포감이나 저항감만 키우게 되며 오히려 저지당한 것을 시도하려 하거나, 반항적인 행동 혹은 말대꾸를 증가시키게 만든다.

2. 경고, 위협: '만약 …하지 않으면 …한다.'

경고와 위협은 자녀들에게 공포감과 무조건적인 복종을 유발하거나 위협받은 것을 한번 시험해 보고 싶은 생각이 들게 한다. 이는 부모에 대한 원망, 분노, 반항을 유발하는 요인이 될 수도 있다.

3. 훈계, 설교: '너는 …해야만 한다.'

훈계와 설교는 자녀들에게 의무감을 갖게 하고 그것을 하지 못하였을 때 죄의식을 갖게 한다. 또 자녀들이 자신의 입장을 고집하며 방어하게 만들기도 한다.

4. 충고, 해결 방법 제시: '…하는 것이 어떻겠니?'

이는 부모가 자녀들의 문제 해결 능력을 신뢰하지 않는다는 의미를 암시하고 있어 아이들 스스로 문제를 해결코자 하는 노력을 방해한다. 그 결과 아이들의 부모에 대한 의존성이나 저항을 유발시킬 수 있다.

5. 논리적인 설득, 논쟁: '네가 왜 틀렸냐 하면….'

이는 자녀가 반론을 펴며 방어적 자세를 취하게 만들고 부모의 말을 듣지 않게 만든다. 그리고 자녀로 하여금 열등감과 무력감을 느끼게 만든다.

6. 비평, 비난: '너는 너무 산만해.'

이는 자녀가 스스로를 어리석고 무능력한 사람으로 느끼도록 최면을 거는 행위이고 자존감을 깎아 내리는 행위이다. 부모의 이러한 행동으로 자녀는 비판을 사실로 받아들이고 말문을 닫거나 말대꾸를 하게 만든다.

7. 칭찬, 찬성: '그래 참 잘했어.'

이는 자녀가 부모의 명령에 따르는지 감시하고 있다는 암시를 주며, 부모가 바라는 행동을 조장하려는 의도를 가지고 있다는 생각을 가지게 한다. 자녀가 자신이 부모의 칭찬과 일치하지 않는다고 여길 때 불안이 생길 수도 있다.

8. 욕설, 조롱: '그것도 똑바로 못해?', '바보같이….'

이는 자녀가 스스로를 가치 없고 사랑받을 자격도 없는 사람이라 생각하게 만들어 자녀의 자아상에 파괴적인 영향을 끼칠 수 있다.

9. 분석, 진단: '무엇이 잘못되었느냐 하면….'

자녀가 궁지에 몰릴 때까지 따지기를 계속하여 마침내 자녀가 궁지에 몰리게 되면 더 이상 대화하려 하지 않게 된다. 이는 자녀에게 위협과 좌절을 줄 수도 있다.

10. 동정, 위로: '걱정 마, 다 잘 될 거야.'

이는 자녀의 문제를 축소시키는 반응으로 자신이 부모들에게 이해받지 못하고 있다는 생각을 가지게 하여 오히려 적개심을 유발하기도 한다.

11. 캐묻기와 심문: '왜?, 누가?, 언제?, 어디서?, 무엇을?, 어떻게?'

이런 질문이 계속된다면 자녀는 질문에 답하는 과정에서 비난이나 설교를 받게 될 것이 두려워서 대충 답하거나 거짓말을 하게 된다.

부모의 이런 태도가 반복되면 아이가 어려운 문제에 직면하게 되어도 부모를 의논 상대로 생각하지 않게 되어 마음의 문을 닫게 된다. 또 어려운 문제에 직면했을 때 해결 방안을 찾기보다는 그 상황을 모면하려 하거나 회피하려는 태도를 보이게 된다.

위에서 언급한 바와 같은 '부모-자녀 간 의사소통 걸림돌 12가지'는 평소에 부모들이 무심코 저지르기 쉬운 의사소통 방법이기 때문에 대부분의 부모들이 일상에서 별 생각 없이 채택하고 있는 대화법이다. 하지만 이러한 말을 듣고 있는 자녀들의 마음에는 그러한 말들이 비수가 되어 꽂히게 된다.

부모가 무심코 내뱉은 말 한마디로 인하여 자녀들이 말대꾸나 반항적인 행동을 하거나, 분노하게 되거나, 자신을 사랑하지 못하게 되거나, 죄책감을 갖게 되거나, 열등감과 무력감을 느끼게 되거나, 불안감을 가지게 되거나, 위협과 좌절감을 느끼게 되거나, 의존성을 키우게 되거나, 부모를 원망하게 되거나, 적개심을 키우게 되거나, 말문을 닫고 마음의 문을 닫게 만든다.

그러므로 부모라면 누구나 자신의 말이 자녀들에게 부정적인 영향을 주지 않도록 평소에 자신의 언어 습관을 잘 살펴 고쳐 나가도록 노력해야 할 것이다.

부모들의 잘못된 언어 습관은 최근 통계 조사로 밝혀진 바람직한 부모가 되는데 걸림돌 1위 '부모들의 경제력'보다 수백 배, 수천 배 더 큰 걸림돌이 될 것이기 때문이다.

내가 꿈꾸는 부모상

　나는 어떤 부모가 되고 싶은가? 이러한 질문은 자신이 부모와 상호작용하며 지내 온 지난 세월 동안 가끔 자신에게 되묻던 질문 중 하나이다. 나는 절대로 우리 부모님과 같은 부모가 되지 않을 거라고, 혹은 나는 우리 부모님과 같이 훌륭한 부모가 될 거라고 혼자서 다짐하게 되었던 자신만의 부모상은 언제부터인가 모르게 기억 저 너머로 사라져 버리고 실제 자신이 부모가 되었을 때는 어느새 자신이 부모님과 꼭 닮은 부모로 변해 있는 모습을 발견하고 소스라치게 놀라게 된다.

　이렇게 된 이유를 따져 보면 부모 역할은 그냥 자신이 부모로부터 보고 배운 대로 해도 문제가 없다는 안일한 생각 때문이었거나, 마음은 있었지만 바쁜 일상에 묻혀 좋은 부모 됨에 대한 공부를 게을리 했기 때문일 수도 있다. "문제아 뒤에는 항상 문제 부모가 있다."라는 말에서 알 수 있듯이 부모 된 사람이라면 누구나 자신의 사랑하는 자녀는 부모의 역할에 따라 올바르게 잘 자랄 수도 있고 그렇지 못할 수도 있다는 사실을 무겁게 받아들이고 바람직한 부모가 되기 위해 최선의 노력을 다해야 할 것이다.

자신이 어떤 부모가 될 것인가를 생각해 보기에 앞서 이 세상에는 어떤 유형의 부모들이 있는가를 먼저 간단히 살펴보려고 한다. 이를 위해 1960년대 후반에 실시된 발달심리학자 바움린드(Baumrind)의 종단연구 결과로 도출된 네 가지 자녀 양육 유형을 간단히 음미해 본다면 그 내용은 다음과 같다.

바움린드는 아동행동연구를 위해 3~5세의 미취학 아동의 행동을 관찰해 본 결과 부모의 양육 방식이 아동의 행동 방식에 커다란 영향을 미친다는 사실을 발견했다. 또 그녀는 양육 유형을 애정과 통제의 두 가지 차원으로 구분하여 총 네 가지 양육 유형을 도출하고 각 양육 유형별 특징을 명쾌하게 구분하여 설명하고 있다.

〈바움린드의 양육 차원과 양육 유형〉

	애정 높음	애정 낮음
통제 높음	권위적 양육	독재적 양육
통제 낮음	허용적 양육	거부적/무시적 양육

1. 허용적 양육 유형

애정 표현을 자주 하지만 통제 수준이 낮은 양육 유형. 자녀의 잘못된 행동도 통제하지 않고 자녀의 요구를 무조건 수용한다. 부모가 자녀에게 지켜야 할 규칙이나 규율을 제시하지도 통제하지도 않는다. 그 결과 자녀는 정서적으로 미숙하고, 자기중심적이고, 의존적이고, 사회성이 결여된 성격을 가질 수 있다.

2. 거부적/무시적 양육 유형

자녀에 대한 애정과 통제가 모두 부족한 양육 유형. 네 가지 양육 유형 중 가장 나쁜 양육 유형이다. 자녀를 따뜻하게 대하지도 통제하지도 않으며, 무관심하게 대하고 거리감을 두기 때문에 자녀들이 혼란과 적개심을 갖게 된다. 자녀는 부모가 자신을 지지해 주면서 할 것과 하지 말아야 할 것을 알려 주길 원하는데 부모가 그런 역할을 전혀 해 주지 않아서 어려움과 혼란에 빠진다. 그 결과 자녀는 타인과 세상을 불신하게 되고 적개심을 가질 수도 있다.

3. 독재적 양육 유형

통제 수준은 높은데 애정 표현은 낮은 양육 유형. 자녀에게 무조건 복종하기를 요구하고, 부모가 정한 규칙을 절대적으로 지킬 것을 강요하지만 그 이유는 알려 주지 않는다. 아이를 대할 때 강압적이며 모든 것을 독자적으로 판단해서 재단한다. 아이의 잘못을 허용하지 않고 심하면 체벌로 통제한다. 부모 자체가 정서적으로 미성숙하고 불안정하여 일관성이 없기 때문에 기준에 어긋나면 감정적으로 폭발하면서 자녀를 심하게 훈육한다. 그 결과 자녀는 자아존중감이 낮아지고 항상 주눅이 들어 부모나 어른의 눈치를 보게 된다. 친구나 성인들과 관계에 어려움을 겪을 수도 있고 성인이 된 이후에도 상급자와의 관계에 어려움을 겪을 경우가 많다.

4. 권위적 양육 유형

애정과 통제가 조화를 이룬 가장 바람직한 부모 유형이다. 자녀에 대한 사랑과 지지를 바탕으로 자율성을 존중해 주고, 합리적인 규칙을 제시해 주면서 그 이유를 설명해 자녀 스스로 지켜 나가도록 도와준다. 그 결과 자녀들은 정서적으로 안정되고, 사회적 책임감이 강한 독립적이고 자신감 강한 인간으로 성장해 나간다.

바움린드의 네 가지 양육 유형에 따라 자녀의 성격이나 태도 형성이 크게 달라질 수 있다. 따라서 가능하면 자녀의 성장에 좋은 영향을 줄 수 있는 최적의 양육 유형을 선택해야 한다.

위에서 소개된 네 가지 양육 유형 중 자녀들에게 가장 좋은 영향을 줄 수 있는 유형은 '권위적 양육 유형'이다. 하지만 동일한 양육 유형이라도 아동 개인의 기질이나 발달 상황 그리고 처한 상황에 따라 각기 다른 영향을 미칠 수 있기 때문에 자녀의 개별 특성을 고려한 최적의 양육 방법을 적용해야 할 것이다. 이렇게 선택되고 다듬어진 양육 행동은 자신만의 고유한 색깔을 띠는 자신이 꿈꾸는 부모상으로 발전되어 자녀들이 걸어가는 앞길을 환하게 비추게 될 것이다.

자녀 성장 단계별 필수 부모 역할

부모의 역할은 고정된 것이 아니다. 자녀가 성장을 거듭하면서 변화해 나가는 것과 같이 부모의 역할도 자녀 성장 단계에 대응해 변화해 나가야 한다. 출산 직전의 갓난아기에게 해 주어야 할 부모의 역할과 유년기, 청소년기, 청년기 자녀에게 해 주어야 하는 부모의 역할은 각각 달라져야 하기 때문이다.

이러한 관점에서 갈린스키(Galinsky)가 제시하고 있는 '부모 됨의 6단계'는 우리들에게 적지 않은 시사점을 제공하고 있다. 다음에 언급할 내용들은 갈린스키의 '부모 됨의 6단계'를 참고하여 정리해 본 자녀 성장 단계별 부모 역할이다.

1단계: 부모상 정립 단계(임신~출산 전)

부모가 되는 준비를 하는 시기이다. 임신을 하고 출산 준비를 하면서 태아에 대한 이미지를 형성하고 태아를 상상하면서 어머니로서, 아버지로서 자신의 이미지를 형성하는 단계이다.

이 시기에 부모가 수행해야 할 중요한 과업은 자신들은 어떤 부모가 되기를 원하는지 부부간 대화를 나누며 부모상을 정립해 나가는 것이다.

이러한 과업을 성공적으로 수행하기 위해서는 먼저 원만한 부부 관계가 형성되어 있어야 한다. 부부 관계가 원만할수록 자녀를 맞이하기 위한 부모 역할 준비가 더 원활해지고 산모도 편안한 마음을 가질 수 있어 태아가 느낄 수 있는 불안감을 줄일 수 있고 태교도 더 잘할 수 있다.

또 부모 역할 수행 시 모델이 되기 쉬운 과거 자기 부모의 양육 태도를 되돌아보며 바람직하지 않았거나 건강하지 않았던 부분과 바람직해서 닮고 싶은 부분을 재평가해 볼 필요가 있다. 그러한 과정을 거치며 자신의 부모로부터 닮고 싶은 부분과 평소 자신이 상상해 왔던 부모상을 접목해서 자신만의 부모 역할에 대한 이미지를 정립해 나가는 것이 이 단계의 가장 중요한 과제이다.

2단계: 양육 단계(출생~2세)

출생 후 2년까지의 시기로 갓 태어난 자녀를 양육하는 단계이다. 갓 태어난 아기에게 젖 먹이고 재우고 아기가 불편해 하는 점을 살펴 울음을 그치게 하고 안전하게 돌보는 일 등은 결코 쉬운 일이 아니다. 특히 아기가 밤과 낮이 바뀌어 낮에는 자고 밤에 일어나 놀며 부모의 잠을 설치게 하면 생업을 병행해야 하는 부모들은 매우 피곤한 하루하루를 보내게 된다.

또 생전 처음 해 보는 일이라 모든 것이 낯설고, 경험 부족으로 난감한 상황들도 자주 발생한다. 그래서 항상 육체적으로 지치고 불안하고 힘든 시기이다. 하지만 부모로서 자신의 이미지를 떠올리며 잘 적응해 나가야 한다. 한 생명을 탄생시키기 위해 그렇게 모진 산고를 겪었듯이 그렇게 힘든 고난의 시간을 견뎌 내야만 한 사람의 부모가 탄생될 것이다.

이 시기에 부모가 수행해야 할 중요한 과업은 건강한 출산, 자녀와의 건전한 애착 형성, 자녀 출생으로 변화된 일상에 슬기롭게 적응하는 일이다.

그중에서도 특히 자녀와의 건전한 애착 형성은 자녀의 건강한 성격 발달의 근간을 이루게 되는 매우 중요한 과정이다. 따라서 아기에 대한 사랑, 관심, 놀이, 접촉, 적절한 자극 등을 통하여 아기의 욕구를 충분히 충족시켜 줄 수 있도록 노력해야 한다.

3단계: 권위 단계(2세~5세)

아기가 자라며 말도 하고 떼도 쓰면서 자기주장이 생기는 시기이다. 아이가 유치원을 다니기 시작하면서 또래 집단과 어울리며 부모 아닌 다른 성인으로 사회적 관계를 넓혀 나가게 되고, 부모에게 전적으로 의존하는 것에서 다소간 자율성을 형성하고 무언가를 주도적으로 하고 싶어 자기주장을 펼치게 된다. 이러한 자녀의 변화에 대응하기 위해서 부모도 새롭게 요구되는 역할에 능통하게 되도록 노력해야 한다.

이 시기에는 부모가 가지고 있는 자녀관이나 부모상이 중요한 역할을 하게 된다. 부모가 자녀를 독립된 인격체로 볼 것인지 아니면 부모에게 종속된 존재로 볼 것인지에 따라 양육 태도가 달라질 것이다. 자신이 허용적 양육 유형, 거부적 양육 유형, 독재적 양육 유형, 권위적 양육 유형 중 어떠한 양육 유형을 채택할 것인지에 따라 양육 태도가 달라질 것이기 때문이다.

이 시기에 부모가 수행해야 할 중요한 과업은 자녀의 의사소통과 사회화를 돕기 위해 적절한 선에서 허용과 한계를 설정하는 것과 자녀의 자율성과 책임감을 길러 주는 것 그리고 자녀가 올바른 성역할 개념과 성정체성을 갖도록 도와주는 것이다.

이러한 과업을 성공적으로 수행하기 위해서는 부모가 자녀를 하나의 독립된 인격체로 인정하는 것이 선행되어야 하고, 어느 정도의 규칙과 한계를 설정하여 해서는 안 되는 것과 해도 되는 것을 자녀가 명확히 인식할 수 있도록 알려 주어야 한다.

하지만 그러한 규칙과 한계 설정 과정에서 무조건 허용적 태도 또는 강압적 독재적 태도를 취하여 자녀의 자율성과 책임감을 훼손하거나 자녀의 정서 발달에 지장을 초래하지 않도록 조심해야 할 것이다.

부모도 사람이고 신이 아니다. 그래서 항상 완벽하고 전지전능할 수는 없다. 자녀를 양육하는 과정에서 실수도 하고 문제도 가끔씩 발생할 수도 있다. 그러하니 자녀를 양육하는 과정에서 부부는 서로의 잘못을 비난하거나 질책하지 말고 서로 존중하며 부족한 부분을 이해하고 보완해 나가려고 노력해야 한다.

4단계: 설명 단계(자녀의 초등학생 시기)

이 시기는 자녀가 세상에 대한 관심이 많아져 다양한 질문을 하게 되며 새로운 것에 대해 알고 싶은 욕구가 커지는 시기이다. 자녀는 세상에 대한 궁금증을 자신이 가장 신뢰할 수 있는 부모를 통해서 해결하고자 한다. 부모는 자녀가 질문하는 궁금증을 해결해 주기 위해 자신이 알고 있는 지식이나 정보를 동원하여 세상에 대해 설명해 주는 역할을 수행하게 된다.

이 시기에 부모가 수행해야 할 중요한 과업은 단순히 자녀의 궁금증을 해결해 주기 위해 정보를 제공하는 것만으로는 완성될 수 없다. 부모가 세상에 대해 어떠한 관점을 가지고 있는지? 부모가 맺고 있는 대인 관계, 부모가 주변 사람에 대해 어떠한 관점을 가지고 설명하고 있는지? 등과 같이 부모의 렌즈를 통해 세상을 보는 방법을 가르쳐 주는 것 역시 중요한 과업 중 하나이다. 그리고 부모는 궁금증을 해결해 주는 선생님으로, 신뢰할 수 있는 상담자로, 고민을 해결해 주는 조언자로 묵묵히 자녀 곁을 지켜 주는 변함없는 지지자가 되어 주어야 한다.

5단계: 상호 의존 단계(자녀의 청소년 시기)

자녀가 독립적인 개인으로서 자아정체감을 형성하고, 자신만의 뚜렷한 신념과 논리 그리고 가치관을 형성해 가는 시기이다. 특히 사춘

기를 겪고 있는 자녀는 지금까지 해 오고 있던 부모의 역할에 대해 많은 도전을 시도하게 된다. 그 결과 자녀와 부모의 관계는 일대 혼란을 겪게 된다. 문제는 자녀를 어릴 때처럼 권위적 양육 방식으로 대하는 것부터 시작된다. 그렇다고 어른 대하듯 해도 문제가 해결되지 않는다. 그래서 부모와 자녀는 몇 차례 부딪히면서 조심스럽게 상호 관계를 발전시켜 나갈 수밖에 없다.

이 시기에 부모가 수행해야 할 중요한 과업은 자녀의 성장과 발달에 대응한 부모의 달라진 역할을 설정하고 스스로 그 역할에 적응해 나가는 것이다.

부모는 자녀의 합리성과 논리성을 수용하고 지지하며 서로 대등한 입장에서 상호 의존 관계와 유대감을 형성하는 것이 필요하다.

또 애정에 바탕을 두지만 합리적이고 이성적인 새로운 권위를 확보토록 노력해야 할 것이다.

6단계: 떠나보내는 단계(자녀의 청년기)

자녀가 부모의 직접적인 보호와 돌봄으로부터 벗어나 혼자서 자율적으로 생활하는 시기이며, 부모는 자녀를 독립시키고 떠나보낼 준비를 해야 하는 시기이다.

이 시기에 부모가 수행해야 할 중요한 과업은 부모로서의 통제를 완화하고, 자녀가 체득한 정체감을 수용하는 것을 기본 베이스로 하여 자녀를 한 명의 독립된 인격체로 인정하고 성인이 된 자녀와 새로운 관계를 설정하는 것이다. 그리고 자녀가 자신의 힘으로 독립해서 부모의 슬하를 잘 떠날 수 있도록 도와주는 것도 필요하다. 부모는 인생의 선배로서 자녀에게 상담과 조언을 하며 자녀가 겪는 여러 가지 어려움에 현명하게 대처할 수 있는 지혜를 전해 주고 자녀를 떠나보낼 마음의 준비를 해야 한다.

이상에서 검토해 본 것과 같이 부모의 역할은 한번 정립되면 평생 동안 변함없이 효과를 볼 수 있는 만병통치약이 아니라 자녀들의 성장 단계에 따라 각각 다른 모습으로 요구되는 상황별 맞춤형 역할이 되어야 한다.

따라서 부모도 자식의 성장 속도에 맞춰 자신의 역할을 지속적으로 업데이트하고 새롭게 요구되는 부모의 역할에 자신이 잘 적응할 수 있도록 스스로를 쇄신해 나가는 노력이 필요하다.

부끄럽지만 60년 이상 인생을 살아왔고 이제 곧 자녀를 결혼시켜 떠나보내려고 하고 있는 나도 부족한 점이 수없이 많은 부모임을 고백하지 않을 수 없다.

하지만 나 역시 지금도 부모 역할에 대한 변화를 요구받고 있고 또 그러한 요구에 적절하게 대응하기 위해 스스로의 변신을 추구하고 있다. 그러한 과정을 거쳐야만 부모로서 그리고 한 인간으로서 완전한 모습에 근접할 수 있을 거라고 굳게 믿고 있기 때문이다.

그래서 부모의 역할은 평생을 걸쳐 배우고 경험해도 완성하기 쉽지 않은 평생 과업인 동시에 끝없이 완전을 향해 추구해야 할 부모의 책무인 것 같다.

아들의 행복한 새 출발을 축복하며…

아들아! 나의 지루한 글을 끝까지 잘 참고 읽어 줘서 고맙다! 일단 내가 말을 꺼내 놓고 보니 준비 없이 너를 떠나보내야 한다는 불안한 마음이 앞서서 너무 많은 말들을 중언부언하게 되었구나. 혹시라도 네가 내 이야기를 이미 알고 있는 뻔한 잔소리로 느껴 괴로워하지는 않았을까 걱정된다.

요즈음은 인터넷도 잘 되어 있고 모든 정보들이 오픈되어 있어서 마음만 먹으면 자신이 필요한 정보에 언제든지 쉽게 접근할 수 있는 시대이다. 때문에 정보 접근 능력이 앞서 있는 젊은 사람들이 우리보다 아는 것이 더 많을 수도 있는데 괜한 이야기를 한 것은 아닌지 걱정스럽기도 하다.

하지만 너를 결혼시켜 훌쩍 떠나보내야 한다고 생각하니 갑자기 해 주고 싶은 이야기들이 끝도 없이 머릿속에 떠올라서 결국은 이렇게 되고 말았다. 네가 애비의 이러한 사정을 좀 이해해 주었으면 좋겠다.

이제 너는 혼자서도 충분히 자립할 수 있는 성인이 되었고, 새로운 가정의 믿음직한 지아비가 되었기 때문에 혼자서도 잘해 나갈 수 있을 거라 믿는다.

그래서 나는 앞으로 네가 먼저 물어 오지 않는 일에 대해서는 조언하거나 의견을 내지 않으려 한다. 그렇게 해야 네가 독립적이고 창의적으로 판단할 수 있을 것이기 때문이다.

대신, 우리 내외는 항상 먼발치에서 너희들을 지켜보며 진심으로 응원하고 너희들이 행복하게 잘 살기를 기도할 것이다.

이제는 모든 준비가 완벽하게 끝났다.
아무런 염려 말고 당당하게 결혼식장의 버진로드를 걸어 나가 신혼집으로 들어가라.

그리고 그곳에서 항상 웃음과 건강과 행복이 넘쳐나는 너희들만의 지상 낙원을 누려라.

끝으로 내게 큰 울림을 주었던 아파치족 인디언들의 결혼 축시를
빌어 너희들의 결혼을 축복하며 이 책을 덮으려 한다.

아버지가 아들에게 전하고 싶은 주례사

〈두 사람〉

이제 두 사람은 비를 맞지 않으리라.
서로가 서로에게 지붕이 되어 줄 테니까.

이제 두 사람은 춥지 않으리라.
서로가 서로에게 따뜻함이 될 테니까.

이제 두 사람은 더 이상 외롭지 않으리라.
서로가 서로에게 동행이 될 테니까.

이제 두 사람은 두 개의 몸이지만
두 사람의 앞에는 오직 하나의 인생만이 있으리라.

이제 그대들의 집으로 들어가라.
함께 있을 날들 속으로 들어가라.

이 대지 위에서 그대들은 오랫동안 행복하리라.

227
에필로그

아들아! 고맙다!
반듯하게 잘 자라 줘서.

그리고 사랑한다!

2021. 2. 28.
결혼식장을 나오며 아버지가….